U0582515

猎梦少年

朱轩 著

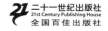

二十一世纪出版社
21st Century Publishing House
全国百佳出版社

图书在版编目（CIP）数据

猎梦少年 / 朱轩著 . -- 南昌：二十一世纪出版社 , 2014.3（2022.4重印）
（后青春期丛书）
ISBN 978-7-5391-9293-2
Ⅰ . ①猎… Ⅱ . ①朱… Ⅲ . ①长篇小说－中国－当代
Ⅳ . ① I247.5

中国版本图书馆 CIP 数据核字 (2013) 第 281122 号

猎梦少年

朱 轩 / 著

策 划	张 明	
责任编辑	张 宇	
特约编辑	郑 英	
出版发行	二十一世纪出版社（江西省南昌市子安路 75 号　330009）www.21cccc.com　cc21@163.net	
出 版 人	张秋林	
经 销	新华书店	
印 刷	三河市人民印务有限公司	
版 次	2014年3月第1版　2022年4月第3次印刷	
开 本	880 × 1230 mm　1/32	
印 张	7	
字 数	148 千	
书 号	ISBN 978-7-5391-9293-2	
定 价	20.00 元	

赣版权登字—04—2013—826
如发现印装质量问题，请寄本社图书发行公司调换 0791-86524997

序 笑对唏嘘人生

当我读完朱轩作品的时候，就被他的文字所吸引。本以为一个六岁丧父、九岁丧母的孩子总该有些"怪脾气"，没想到他是一个非常阳光的孩子，而这种积极乐观的心态也感染了我。他从来没有想过要博取谁的同情，只是笑着面对"唏嘘"人生……

苦难的童年

1996 年的深秋，朱轩在湖北的一个小村子里出生了。小朱轩的出生本应给穷困的家庭带来几分喜悦，可就在他出生后的几秒钟，悲剧发生了。

"我出生当夜晚来风急，梧桐叶落，雁过伤心，没有像那些伟人一样身浮龙影再天炸惊雷，鬼神俱泣。大概是接下来的几秒钟时间，在外挖井的父亲从梯子摔下来，造成终生残疾，于是以后家里的担子全部落在母亲身上。亲人叹道：'孽子啊！'"

这是朱轩对当时情景的描述。然而，苦难并没有就此离开这个多灾多难的家庭。小朱轩直到两岁还不会正常走路和流利说话，而且又瘦又矮。一次姐姐背着他出去玩，走到一座桥时他掉了下去，摔断了右腿。当时家里穷，没钱治病。他的母亲急的四处借钱；三年过去了，钱没借到，右腿却不治而愈，只是留下了后遗症，"后来我走路时很有个性，两只脚成不规则的八字形，伙伴们尊我为'八爷'"。

　　转眼间到了上学的年龄，家里本来就穷困，再加上还有两个姐姐在读书，朱轩上学的问题难倒了母亲。最后，在母亲的百般哀求下，校长同意减免一些学费，小朱轩才得以每天迈着八字步来回五里远的学堂四趟。

　　小朱轩的小学生涯也是充满了曲折，用他自己的话说："在这个人杰地灵、藏龙卧虎的地方，老师很快发现我是个低能儿，原因是我不会从一数到五十，其他学生都能从一数到一百，有的神童甚至数到两百。我得到降级处理，从一年级降到学前班受幼儿再教育。"

　　经过一载勤学苦练，小朱轩不但能数到五十，还学会了拼音，终于再次升到了一年级。一年级的期末考试，他语文、数学都没及格，成绩单上被盖了个留级印。

　　在重读一年级时，教育部取消留级制度，他终于可以升到了二年级。然而，就在这一年，六岁的他经历了人生中最悲痛的时刻——父亲在经受多年病痛的折磨后溘然长逝。

　　父亲病逝后，家里的生活过得越来越艰难。三年之后，九岁的小朱轩再次经历人生蚀骨之痛——母亲溺水而死。成为孤儿的他被送到当地福利院，开始了漫长的孤独之旅……

孤独的福利院生活

福利院对于刚经历丧母之痛的朱轩来说：是个相当陌生的地方，一切都显得那么不习惯。

回忆起去福利院的第一天，朱轩说，"记得去的第一天，几只恶狗冲着我大叫，几十个老人瞪着眼直盯我走几十米，几百个蚂蚁搬家搬个不停，我在害怕之中被领导送去新学校，路上突降大雨。到班里时我全身湿透了，当时四年级正午睡，教室没空位置，值日生友善地过来招呼我，把自己的座位让出来。我第一次感到人性善的一面，这一刻，我发现我变了。"

也正是这位"值日生"借给朱轩的一本《唐诗三百首》把他引上了文学的道路。这本《唐诗三百首》有手掌那么大，是朱轩阅读的第一本课外书。那天晚上，他通宵读完了这本《唐诗三百首》，并由此爱上了诗歌。俗话说，熟读唐诗三百首，不会作诗也会吟。读完《唐诗三百首》之后，他还写了首不严格的《山中暮色》——

残日挂峰边，

红火耀九天。

莫敢眼直视，

徐落森林间。

"这是本盗版的书，总共才三十多首诗，被出版商夸大了十倍，而且大部分是李白的作品。以至于对我影响颇深的三个人之中就有李太白，另外两个是苏东坡和鲁迅。"朱轩说，这本书对他的影响非常大，为他打开了一片广阔的文学天地。

在新学校里，新老师不嫌朱轩成绩差，常常专心辅导他，这使他抛下冷漠和沉默，开始尝试回答问题，发誓努力读书；同学们也对他伸出温暖之手，每天一起玩，一起闹，一起学习，"不管他们了解不了解我的家境，不管是出于同情还是什么，总之，他们是我的朋友。"

老师和同学们的关心，像一阵春风，吹开了他冰冻的心灵，让他从失去父母的痛苦中解脱出来，并渐渐学会了真正的乐观和豁达。

福利院里面没什么伙伴，也没什么娱乐设施，朱轩也不喜欢看电视，他每天就是窝在自己的房间里复习和自学课程。除了吃饭、睡觉，用于其他事情的时间不超过两小时。在朱轩的刻苦努力学习下，他的期中考试成绩从倒数窜到全校第一，从此甩掉"低能儿"的帽子，被冠上"神童"的封号。单调的福利院生活，也让他喜欢上了阅读课外书。同学知道他的经济状况，每当同学们买新书后，总让他一睹为快，老师更特意去书店买书给他读，这让朱轩非常感动。

五年级的时候，他被选为大冶市优秀学生。他能回答老师提出的每个问题，还写得一手古文，从"神童"升级到"天才"。六年级的时候，他更是因写古诗而出名。一次在周记上，他写了一首格律严格的五律《江南春景》——

新芽枝翠叶，山地满花开。

水涨寒冰去，春生暖雁来。

丝风竹对靠，乱影树双怀。

老叟阳中坐，情人情话猜。

文学道路自己闯

虽然朱轩的家庭环境比较特殊，但是他一直认为家庭对他写作没什么影响。因为他是在没有家庭之后才开始写作的，而在父母在世的时候，他能经常玩到天黑也不回家，连"知识"都不知道是什么。后来在9岁时，母亲走了，他突然就聪明了。他说，按他们当地的说法，这是开了"聪明悟"。

关于自己为什么要走写作这条路，他说："中国古话把'人生'比作走路真的很形象。当时我走着走着遇到很多岔路，突然不由自主地走进了文学这条康庄大道，而且发现真的很康庄，于是那么一直走下去了。"

关于读书，自从他读完那本借来的《唐诗三百首》后，他又用自己全部的积蓄买了20本书。他从《论语》和四书开始，再读完《史记》、《资治通鉴》，接着是高尔基的自传三部曲、鲁迅小说、朱自清散文等等。他还攻读唐诗和宋词，他说自己创作的全部古风类作品仅得益于此，格律、韵和意境全靠他自己领悟。他不喜欢看那些笼统介绍的书籍，也从不看作文书。

在阅读了大量书籍之后，朱轩也开始了自己的创作。关于他的第一次投稿，还有一个故事。他第一次投稿是寄一篇散文到武汉的某杂志，结果居然收到南宁《金色年华》的获奖通知，信上说只要汇款 98 元最起码也能进决赛得三等奖，奖金两千六百元，还能每个月拿两千的工资。他信以为真，汇款过去。"那时候的我每天都在门口等着邮局送信来，每次有摩托车的声音都跑出很远去观望，三个月后我终于失望了，我受骗了！"

辛苦存了几年的钱付之东流，本以为是对自己作品的认可，却没想到是骗子，他被严重打击了——半年内再没有投过稿……

再次投稿，是在朱轩接触到了新诗以后。关于新诗，他这样描述自己刚接触到新诗时的感觉，"这种感觉像见到远方的亲人一样，陌生却熟悉。"他的第一首诗歌是《向往》——

一

一声声清脆的叫声

一个个灰黑的身影

叫声在四处传播

身影在各地飞翔

看吧——

在欢笑，飞鸣

追逐，打闹

在五线谱的电线边

在绿油油的稻田上

二

有时候

能使平静的湖面

瞬间起阵阵波浪

有时候

能让空荡的缝洞

成为宏伟的住房

……

对新诗的热情，再次勾起了朱轩投稿的欲望。一天，他无意间看到杂志《新芽》上有征稿启示，就半信半疑地投了篇诗歌《藏弓》去。不久他就收到了用稿通知，虽然发表时题目被编辑改了，但这让他重新树立信心，有空便跑到邮局去买几个信封，写几篇稿子……

初二时，需要学习九门功课，而朱轩只在文科占优势，成绩一落千丈。于是，他开始选择专门学习，放弃了不擅长的理科，还写了首《读书》——

笔耕伏灯夜五更，

苦学九载功未成。

万行兴盛前空路，

百无一用是书生。

当然，他这样做遭到了所有人的反对——老师说他堕落了，家人骂他没用，同学不理解他，他每天还得去办公室几趟……

　　他说在现实中几乎没有朋友支持他走这条路，但是他说如果有人问他人生再来一次是否还会选择走文学这条路的话，他会回答"如果生在中国一定会。"

《唏嘘》杂志不"唏嘘"

　　多年来在文学这个圈子混，朱轩觉得真的很难。刚开始主编杂志《唏嘘》的时候，有一群人像"打假斗士"方舟子质疑韩寒写不出《三重门》一样质疑他办不出《唏嘘》。

　　"其实《唏嘘》只是个无奈的选择，因为我真的不是混得很好，没人用我，所以自己当出版商。'唏嘘'——时代与梦想的冲击让无数人唏嘘，而我们更想看到动力。"

　　他说，如今"90后"的生活基本上都在混网络，而且混得"很好"，某某人是某某社的文审，某某人在某某电子刊发表过作品……但是这些人都是徒有虚名，他们的作品根本就上不了《唏嘘》。

　　在创办《唏嘘》的过程中，他认识了李昕等几个志同道合的朋友，也写了几篇自己还满意的小说。

　　初三的时候，他曾想通过写小说挣稿费来摆脱困顿的生活环境。他开始有计划地写作第一步长篇小说——《旅程》。他在动笔之前作了个很大决定——不下百万字不收手，结果下来就四十万字，纯手稿，整理的时候有些字连他自己都不认识。但他庆幸自己坚持下来了。

　　《旅程》写完他还是穷，但他以后的写作方向依然是长篇。"如果我的长篇小说出版不了，我就拿到网站以千字两块钱的价格卖掉。目前我已经构思了两部长篇小说，我相信读者一定会被我的文字和思想折服！"

　　（原载于《市场周刊·文化产业》2012 年第 4 期，采访、整理徐兴龙）

Contents **目 录**

/ 是只好鸟

临近开学，天越来越热，该出发了。

我不知道这是个怎样的选择，但我们的确决定去市区上中专，并且正在准备着。似乎在中考填志愿时就早已预料到，成绩倒数的我们只能去这种地方——理由是见效快，可以早日给社会减低负担。王飞也喜欢这学校的名字——湖北省重点工程职业技术学院。"重点"听着就气派，一些所谓的重点高中帽子上面还没有"重点"这两个字，而且后面简称"技院"，既然是省重点的"技院"里面肯定少不了重量级的美女。

市区离乡镇有点远，王飞想买一辆车。人他介绍，车我去买。

我很能理解他让我去买车的原因，在这个复杂的社会他买东西从来不用钱，可恰好老板是熟人，我们又是刚从牢里出来，不能就这么去"买"。于是留下五十块钱走了。

我上去，看见这家店门口写着海子的"从明天起，做一个幸福的人，关心粮食和蔬菜；我有一个房子，面朝大海春暖花开"的诗句，想着老板真是一个有情趣的人，便客气地嚷道："老板，买车。"

老板随意地问："要什么车？"

我说："我是王飞的朋友，他想要一辆能长途跋涉又节省能源的好车。"老板郑重起来，一脸茫然，我深入解释道，"就比如我现在想驱车环游全世界你觉得什么车才适合？"

老板很干脆地回答："超音速。"

我好奇地问："什么是超音速？"

他指着前面，说："你看，那是什么？"

我转过身望去，只见一阵风划过，落下一滴鸟屎。回答道："鸟屎。"

老板跺左脚生气地说："现在的孩子啊，思想怎么这么龌龊，难道你眼中只看得见这种——鸟——鸟屎的东西么？大自然这么美好却看不见，你要学会去欣赏，要保持一颗发现美的心，拥有发现美的眼睛。"

我连忙点头称是，然后看到另一滴鸟屎落到他头上。

老板问："什么东西？"

我发现了大自然的美，回答道："美好的东西。"

老板满意地点头，说："什么美好的东西？"

我想，在他眼里世界并不是不美好的，只是缺少发现美的眼睛。但在现实面前，我必须老实回答："鸟屎。"

老板跺右脚愤怒地说："现在的孩子啊，难怪老师、父母都说长江一浪不如一浪啊，我们都要有发现美的眼睛，你可以把它形象比喻成一些美好的事物，比如……"然后语气平缓下来，"你确定是鸟屎吗？"

我上前两步仔细看过："毛主席说要知道梨子的味道就要先尝

两口，你可以试试。"

老板阴险地笑道："我可以不用毛主席的方法。"仿佛挑战伟人是一件多么伟大多么光荣的事。他把手举起，对着豪爵摩托前面的小红旗敬礼，然后伸到头顶摸一下，放到眼前一看发现摸的分量不足，又狠狠地摸了一下才放到鼻子边，收敛下笑容说："还真是鸟屎。"

我惊叹老板闻就知道是鸟屎的方法，也许人家以前就亲自尝过了，又惊叹这鸟能连下两滴鸟屎。

是只好鸟啊！

老板说："遇见你真倒霉，鸟屎都能落头上。"

我说："这不能怪我啊，你把事情想象得太美好了，社会是残酷的。"

老板说："好吧，超音速就是比声音还快的车，跟风一样。"

我顿悟了，原来是风："但跑得那么快会不会撞到人。"

老板说："正常情况下不会。"

这个社会一直是不正常的，我说："那不要了，有没有其他车。"

老板说："你要我也没有，奔驰适合长途啊。"

我说："不行，不环保，都低碳社会了。"

老板无奈地径直走进房内，一辆古铜色的自行车展现眼前。

老板说："这可是我的珍藏，前几年——应该是前几十年有位客户把原来这辆破损的二八自行车留在这让我修复，可后来他没来取，也许是被小日本打死了。我把二八的车轮、链条、钢架都换了，改成现在全新、节能、环保、还能加速的二六自行车。"

我叹道:"人才啊!但它的年龄比我还大,坏了保修吗?"

老板说:"放心,它还有自动修复功能,只要是不粉身碎骨,放它休息段时间就自动好了。"

我围着二六转了几圈后说:"长途旅行总要带着行李,万一桃花运来了还得带女人。"

老板笑道:"明白明白,我给你装个后座,没女人的时候放行李,有女人的时候载女人,让女人拿着行李。"

我脑中顿时形象地浮现出骑车载扛着行李的飞哥的样子,鼓掌道:"妙,多少钱?"

老板说:"二百五。"

我有些惊讶,身上就五十,说:"一十。"

老板说:"一十太低了——不过,成交,得三天后来取。"

我说:"不行,明天就得出发了,给你加钱,五十,赶快弄好。"

老板爽口答应了,我激动地涕泪纵横,挥了挥翅膀说:"老板,再见,再见了了了——"

老板也挥了挥翅膀道:"现在的孩子啊,哎——"

第二天早晨太阳还没爬出来我们就爬出去取车了,飞哥眼睛瞪得比鸡蛋还大:"二八?"

飞哥全名叫王飞,出于身体和心里都发育得较好的缘故被我们亲切称为飞哥,他是我一起念书上学一起捣鸟窝钓龙虾一起光着屁股洗澡的朋友。

我解释道:"是二六。"然后再把老板的话重复了一遍。

他竖起大拇指说："人才，如果能加速应该要不了多少时间就能到市里了，出发吧。"

我头转向东南西北："该怎么走？"

他说："据说学校在火车站旁边，我们沿着铁路一直走就行了。"

我应道："上车吧。"

二六还真像老板说的那样全新、节能、环保还能加速，骑上仿佛自己脚下踩着筋斗云，感觉像风一样飘过。如果不是后面坐着扛着行李的飞哥，估计能跟他名字一样飞起来。

当然，这只是感觉。

我换了换挡，跑得更快了。但怎么有双个不明物体总是跟着自己，定睛一看原来是个小孩。

我自豪地说："毛孩，哥这车怎样？"

小孩天真无邪地说："现在还好，能跟我一样快，之前都在后面。"

我头一沉，向前猛踩，一阵大风呼呼而过，闯进火车站时一群人围着说，哇，二八。王飞解释道，是二六。人群又说，哇，居然是二八。他不再解释，只要人们认定了无论你怎么解释都是没用的。

我骑车来到铁路。这是第一次看到铁路，首次感觉是，哇，铁路好长啊！但觉得有点像废话就只是藏在心里，接着说："哇，铁路好多铁啊！"

王飞骂道："废话。"

废话总好过不说话，他尿急，转过身开始嘘嘘，突然一辆火车——豪华的红色火车奔来了，我脑中立即浮现韩寒在《1988》中描写的那一幕，于是立定身体，右脚一抬与左脚形成八字形，右手举向齐眉处敬礼。

突然车内一个秃头冒出，隔着玻璃回礼。

我吓了一跳，乱了阵形，一着急，大呼道："首长好。"

秃头说："同志们好，同志们幸苦了。"

我说："另一个们不在呢。"

王飞嘘嘘比较久，扭头说："我在啊。"

秃头貌似没听见，纠正说："同志好，同志幸苦了。"

我脑中不自觉地冒出一句，再冒到嘴上说："不幸苦，杨领导才幸苦。"

秃头说："你怎么知道我是杨领导。"

我说："领导声名无人不知无人不晓。"

秃头笑道，没听清他说些什么，火车就呼啸而过了。我记起新闻中常出现的那个和蔼可亲的身影，郁闷地自语，杨领导不是秃头啊。

我决定像老板一样亲眼探究这个关乎举国最为之重要的问题，踩上车飞驰追去，但只能与一节节车厢擦肩而过，向每个车窗的领导人敬礼，领导人也高兴地回礼，一致赞道，这娃太爱党爱国爱领导了。

我露出憨厚的笑容，看着车尾消融在阳光的背影里。

计划趁着天凉赶去的我们严重估计错了路程，顶着大太阳中午才到。作为乡村孩子，对这个大城市是既向往又害怕。

这是一个陌生的地方。

恍惚记得曾经来过几次，但许久不见还是遗忘了很多。一年足以让一个城市发生翻天覆地的变化，也能让人发生翻天覆地的变化。

往四周望去，数不尽的高楼大厦，建造的那么随意，那么简单；大的大，小的小，高的高，低的低，乱的乱。每条街道都大同小异，人来车往，川流不息。

下车，感叹凌乱人生后的我们同时眯着眼睛四处张望很久才异口同声道："好大的大城市啊。"几分钟后，警察叔叔过来把我们赶到路边，那里已经堵了一路的车。

忽然一道亮光闪现在眼前，刺得我们连忙用手半遮住眼睛。司机猛按喇叭说："小子，找死啊，挡着道了。"刚走的警官转过身，然后王飞拽着我瞎跑瞎说："咱有前科，快闪吧。"我回头望了一眼车上的亮光，原来世界本不黑暗，你说黑暗才黑暗，黑暗与光明都分不清就更是黑暗了。

我擦了擦满头大汗，拉住狂奔得快裸奔的飞哥问："我们为什么要跑？"

王飞停下发呆说："不知道，我感觉逃跑是最佳的方式。"

我说："坐一年牢了，你还是没变啊。那我们要去哪里？"

王飞说："不知道，我感觉前面有个神秘的地方在向我招手。"

我往前一望顿见"正宗川味烧烤"六字，香味夹杂臭味渐渐蔓延过来，口水在嘴里泛滥个不停；原来是这向他招手。

"飞哥，你太有才了！今天我请客。"我找个座位坐下打开电风扇。老板嘴巴张合了几下，不知哼哼些什么，我听得一脸茫然，心想，果然是正宗川味，四川话也说得像外星文。

王飞竟在几秒后也嘴巴张合几下。

我惊问："你怎么会说四川话？"

王飞说："这不是四川话，是稍有一丁点点点难度的英语，谁让你平时上课不好好学习。"

我偷瞄老板，果然是老外，说："这不是响应国家号召坚决抵制洋货嘛。"

几分钟后，老板端来了烧烤，比本家卖快餐当劳的还快。

王飞说指着说："臭豆腐，热狗。"我夹起一块臭豆腐咬下去，味道比这个城市还陌生。这绝对是正宗的臭臭豆腐，真是大千世界，无奇不有。

我喊道："老板，为什么你招牌上写着'正宗川味'？"

老板说："现在流行中西结合，这样才更具吸引力，引领经济潮流。"

我问："你会中文还用英语说话？"

老板怒道："老子美国是老大。"

我马上明白，说："多少钱？"

老板说："二十。"

我赶紧把准备好的六块钱放回口袋："飞哥，我请客，你付钱。"然后两人在这群老外的目光下默默离开。城市果然和农村不同，大大地不同，连假货的消费水准都非常高，国家还在提倡城乡一体化，搞得农民非饿死不可。

两人以相同的姿势凝望上空，目光茫然地不知在望天空的什么，看起来或许真的是神马都是浮云。

过了很久时间，我望着天空一朵很像爱心的云朵问："你看那云像什么？"

他研究了半天，慢慢吞说："嗯，像……"

我急了，追着问："像什么，你快说啦。"

他说："像云——你看像不像云？"

我气吁吁地说："你难道不能运用下你的想象力吗？"

事件总在莫名其妙地进行，飞哥突然着急地嚷着转移话题："今天我们来学校报名，现在都下午了。"

我收回情绪说："对哦，恭喜你，你终于知道我们要去哪了。"

王飞问："你知道学校在哪吗？"

我说："不知道。"

王飞说："那怎么办？"

不知道。几分钟后我恍然大悟，有事找警察叔叔。我拿出手机马上拨打免费的110，讲了自己的大概位置。

王飞说："我们已经没钱啦。"

我说："没事，等下你说你爸爸是外市最好是某国某某官员就行了，这样就不一定马上查出来。"

王飞问："这样OK么？"

我说："NO问题啊。"

等了半小时，一大队警察叔叔穿防弹衣带机关枪而来。

队长握紧94式手枪紧张地问："怎么了？发生什么了？到底发生什么了？是不是有人拐卖儿童，是不是有恐怖分子？"

我们被这壮观的景象给震住了，刚想轻松说没什么事，却看到后面跟着刚罚款的那位警察叔叔，于是马上礼貌地道歉："警察叔叔，其实没什么大事，我们就是迷路了，老师教育我们有事一定要找您，所言我拨了您的号码。"

队长跟泄了气的皮球似的怒视："谁家的孩子，尽给群众带来麻烦。国家正是有你们的存在才发展不起来，导致经济发展缓慢，生产技术落后，GDP 严重不足等等问题。"

王飞正准备说他爸爸是省长被我制止住："是是，警察叔叔，都是我们的错，保家卫国全是您们的功劳，请问湖北省重点工程职业技术学院在哪？"

队长说："不就是技校嘛，改成这么一串名字。直走，左拐，往前看到一座最高的楼便是。你们妨碍警方办公，要么拘留，要么——"

我打断他的话，生气地将一块钱狠狠地砸进队长手里："要么罚款嘛，听到这两字就烦。"然后我带着飞哥抬头挺胸在枪炮面前大步地离开，骑上自行车飞驰而去。

队长被镇住了，居然敢在全局警力出动的情况下对他发脾气，赞道："有魄力，这孩子不是官宦子弟就是富二代。"

最后面的警员说："报告队长，他们是农村的穷小子，我刚刚还罚了他们 200 元。"

顿时，队长握着那张一块的钞票发抖……

"果然是穷孩子，更有魄力——"

太阳已经到了头顶，计划趁着天凉赶去的我们严重估计错了路

程，中午才到"省技院"的校门口。

王飞把二六锁在一辆宝马车旁边，叹道："第一次难啊！"

我说："是啊。"

旁边一个女同学问："什么第一次？"

我准备说"那个没事"，但只说了前一半女同学就捂着红透的脸离开了。人就是喜欢在关键时刻打岔，我学着老板的口气叹道："现在的孩子啊，真喜欢歪想。"王飞哈哈大笑，我们走到新生报到处，掏出钱注册报名。

老师拿出一张表让我们填，仔细看，本是整张大的表格被裁得只剩下上面的小部分。看来学校真为学校着想，万一冒出个难字或者深奥的问题估计这填表的事儿几天也完成不了了，比如别的学校肯定有"你为什么选择这个专业？""为什么选择我们学校""你的理想是什么"之类的问题。

王飞填完后满意地交上去，老师满意地点点头。这是王飞第一次得到别人的肯定，双眼绽放出金光，像沙漠中发现绿洲，像人生失意时捡到金子。突然老师眼神一变，摇摇头，他顿时泄了气，目光惨淡，仿佛金子被抢走了。

老师说："这地方得改。"

王飞说："我本是来学计算机的啊。"

老师说："是机电，你重新填上。"

我马上动笔把"计算机"改成"机电"。聪明人就是这样，善于在前人掉进洞时把洞补上再安全地走过去，用语文讲就是"吃一堑，长一智。"不由得，我想起了壮壮哥哥，他是个老奸巨滑的人。有次我们深夜翻墙出去通宵，可附近黑网吧被一网打尽了，我们只能选择比较远的一家。当时月黑风高，毛孔里能感觉到周围乱乱的声音，跟鬼一样。三个男人像红军过沼泽般穿越小路，遇到一个不明物体。壮哥先是大步走了去，然后一顿，又抬起脚步继续走，没有任何表情，就算有，这么黑你也看不到。我见前面安全，也抬起脚步，落下的刹那顿时感觉十只脚趾连心的一凉，但也没有出声往前继续走。最后王飞踏进去大叫一声，哇，有水。

此事后壮壮哥哥在我心里的威望大升，这也是他一直屹立与本山寨大哥之位不倒的重要原因。而壮哥也我对照顾有加，再加上表亲的缘故，他说以后不想干了就让我做接班人，地头蛇的职位还是让很多人流口水的。

王飞哈哈大笑地把我从回忆拉到现实，看到他的笑我就觉得不踏实，所有人都不明白为什么这么憨厚的外表下有一颗那么不憨厚的心，估计是被这表面美好实际肮脏的社会给熏陶的。

果然他又在骗小女孩，我拉着他说："走啦，先把东西拿到寝室。"王飞依依不舍地和小妹妹道别。

这是个全新的地方，里面谁也不认识谁，似乎所有人都将重新面临一次平等。我看到飞哥走得特别自豪，抬头挺胸、双眼始终不停地环顾四周，用五觉安静地感受着这份平等。

我感叹社会居然有此般巨大的魔力，能让一个正常人变得不正常又表现出一份正常。三年前王飞选择了跟壮壮哥哥混，每次打架都是作为头等先锋冲在最前面，以不怕死的崇高品质被群众拿去和黄继光邱少云相比。他的敬业精神就像打穿越火线一样，短短几个月取得了"怒打野菊花""大闹刘仁八""醉打彭少龙"的辉煌战绩，替壮哥铲平了不少当地小势力，扛下了陈贵镇黑道的半壁江山。

王飞常读《水浒传》，当然读得并不全面，是有选择性的。他对里面的一百零八将个个敬佩不已。王飞十分重义气，说与我这个兄弟不求同年同月同日生，但求同年同月日死。我可不想同年同月同日死，他还比我大一岁咧，肯定比我先死。

他夜里十二点梦游断断续续地念起这几段——

林冲遭高衙内调戏，鲁智深闻讯赶来，怒而要杀，被林冲挡住，鲁智深道：你却怕他本管太尉，洒家怕他甚鸟？俺若撞见那撮鸟时，且叫他吃洒家三百禅杖了去！

本应该是林冲妻子被调戏，他选择性地忘掉了女人。

宋江道：兄弟，你休怪我！……我为人一世，只为主张'忠义'二字，不敢半点欺心。今日朝廷赐死无辜，宁可朝廷负我，我忠心不负朝廷。我死之后，恐怕你造反……昨日酒中，已与你慢药服了，回至润州必死。

李逵道：罢！罢！罢！生时服侍哥哥，死了也只是哥哥部下一小鬼！

某日王飞念的是最后一段，忽然腰板笔直地坐起来，指着我说道："死了也只是哥哥部下一小鬼。"然后倒下了，我怀疑这小子小时候肯定很用功念书，即使念的都是一些"不正经"的书。

正是因为不怕死，也结识了不少仇家。被打的"野菊花"去市区——也就是我们现在的这座城市，叫人向他挑战。不怕死的王飞马上答应挑战，还拉上了我第一次冒着漆黑的夜晚去了城市。那夜月黑天高，天下着小雨，风很大，路灯很暗，模模糊糊地看见对方隐约有十来个人，接着双方像狗抢包子一样扑了过去一阵乱打乱砍乱嚎。有个人扯着我衣服，嘴巴不停地到处咬，我感觉很痒，一刀划了去。突然王飞大叫一声，停。所有人都不动了，我被眼前的场景震住，王飞的衣服被扯得只剩下一条内裤。这哪是打架，分明是劫财和劫色嘛。

王飞蹲下去，把手指放到躺在地上的伤者鼻子边。他手指一动，证明那家伙还有气，大家松了口气。飞哥把手伸出来，红色的光波比街上的红绿灯还刺眼。大伙马上激动了，丢下东西就跑，剩下我们两个人，地面有两把刀——只有我们带了刀。

我说："死人了，跑吧。"

王飞说："先别急，那人还有气呢。"又把手指往鼻子边一放，"没气了，跑啊。"拉着我迅速逃离案发现场。

那天晚上，我们彻夜未眠。收音机里播放着刀郎的《冲动的惩罚》：那夜我喝醉了拉着你的手，胡乱的说话，只顾着自己心中压抑的想法，狂乱的表达……所以我以为，你会明白我的良苦用心——

突然收音机"嗞嗞"地叫起来，我过去拍了拍，才恢复正常地唱下去：直到你转身离去的那一刻起，逐渐的清醒，才知道把我世界强加给你，还需要勇气，在你的内心里是怎样的对待感情。直到现在你都没有对我提起，我自说自话简单的想法，在你看来这根本就是一个笑话，所以我伤悲。

唱到高潮部分王飞也跟着哼起来："如果那天你不知道我喝了

多少杯，你就不会明白你究竟有多美，我也不会相信第一次看见你。就爱你爱的那么干脆，可是我相信我心中的感觉，它来的那么快来的那么直接，就算我心狂野，无法将火熄灭，我依然相信是老天让你我相约。"

　　他嗓子不行，我接道："啊啊啊啊啊啊啊啊——如果说没有闻到残留手中你的香水，我绝对不会辗转反侧难以入睡，就想着你的美，闻着你的香味，在冰与火的情欲中挣扎徘徊。啊啊啊啊啊啊啊啊啊啊啊——如果说不是老天让缘分把我捉弄，想到你我就不会那么心痛，就把你忘记吧，应该把你忘了，这是对冲动最好的惩罚。"

　　合唱完了《冲动的惩罚》，王飞悲伤地嚎道："这就是最冲动——最后的惩罚——"罚完了又继续说，"我们杀了人，怎么办怎么办？会不会被枪毙？"

　　我第一次看到他怕，安慰说："没事，警察叔叔不会知道是我们杀的。"

　　王飞说："万一知道呢？电视上不是老播那些神警神探的破案传奇吗？"

　　我说："就这小地方不会有神警神探的。"

　　王飞说："万一有呢。"

　　我说："有也不会来抓我们的，他们都在忙正事，除非这事惊动了党中央和国务院。"

　　王飞说："万一惊动党中央和国务院了呢。"

　　我说："惊动了也没空管啊，他们忙着办奥运会。"

　　王飞说："万一奥运会已经成功举办，结束了呢。"然后头一扭看日历，"还真结束了。"

我说："被抓了也没事，我们还是未成年。"

王飞说："万一不是未成年呢？"然后又说，"杀了人，管你是谁。"

看来这是个问题，我说："那只能逃了。"

王飞说："万一逃不了呢？"

我说："我们先一直往南逃，到——到云南，云南风景美。"

王飞说："万一警察叔叔追到云南呢？"

我说："我们再逃到泰国。"不行，泰国人妖多，这条路线被我们一致否定，"逃到缅甸，缅甸香蕉好吃哇。"

王飞说："万一追到缅甸呢？"

我说："再横渡太平洋，穿越赤道、热带雨林、亚马逊河、撒哈拉沙漠，翻过喜马拉雅山。"

王飞打断说："不是又回到中国了吗？"

我说："再逃到月球、火星、冥王星。"

王飞说："万一追到了冥王星呢？"

我说："那只能去银河系的某个角落，如果他们还来，我们再逃，在宇宙流浪。"

王飞大孔一声："啊——难道苍茫宇宙没有我们的容身之处吗？"

整个晚上我列举了很多不可能被抓到的理由，王飞也说了很多万一被抓到的可能，最终我被他的万一折服了，两人趁着天刚亮收拾东西准备终极逃跑计划——像外星人一样在宇宙流浪。

门才打开警察叔叔就冲了进来，而我们又拿着行李准备逃跑，看来是不打自招了。王飞深刻感受到人民警察的办事效率和媒体的及时性，报纸上说：今日晨，我市警方成功破获一起杀人案。据称，该案由两名迷途少年组成的团伙完成，目前作案多起，近日发生的一系列杀人案、威胁妇女案、抢劫案皆是二人所为。警队从昨晚深夜埋伏到今晨，不畏艰险，无谓死亡，在枪林弹雨中穿越，终于击溃敌方，成功破案。

王飞看后被里面的精彩情节深深吸引，恨不得像外面的人民群众一样拍手称快。我以为这小子疯了，平白无故头上被戴了那么多帽子，要不是黑头套遮着，估计以后死了也没葬身之地。

由于我们还未成年，而且据说死者得到及时抢救变成了伤者，我们被判到少管所管教一年。

这一年王飞飞吃了很多苦，政府以"坦白从宽，抗拒从严"的政策逼他干了很多事，白天劳动改造，把一堆石头从东边搬到西边，然后又从西边搬到东边；晚上思想改造，王飞在警察叔叔面前说话都不敢大声的，低头认错，抬头找打，以前那么鲜活的一人上上下下变得现在像市场新鲜的一死鱼儿。而我因为家里还算富裕，拿出最后的一点钱来打点，所以受的待遇还算人受的，只有每天晚上的思想改造。

"热爱祖国，热爱人民，热爱中国共产党，坚持拥护党的领导，听从党的号召……"

此间，我的思想得到了有史以来最大的锻炼。

一年后我们成功出狱，王飞被磨得只剩下骨头架子了，日益消瘦的脸又黑又没有神采。早应该中考的我们又赶上中考，学校为找到两个垫底的惊喜不已。

很久没看到王飞笑了。人并不一定要露出牙齿、咧开嘴才算笑。这种笑很微妙，是发自内心、来源于精神的感动。

没想到王飞被新生活感动了，我觉得自己很对不起他，因为那刀也许是我砍的，那小子没事在我身上舔什么。如果不砍就不会死人了，如果不死人他就不会坐牢，还是以前一鲜活的人儿。

看到他笑，我安心多了。

新校园很大，这个大说大不大，说小不小，看起来很小，走起来很大。它总共有四个校区——东边宿舍，西边教学楼，南边实训间，北边军训场。前面还有个较大的体育馆，后面是哥特式的图书馆。

宿舍的位置安排得恰到好处。男生宿舍正好比女生宿舍微向右高一点，中间仅隔一条路面对面而视，整齐到户户相对。

教学楼怪阴森，挂满死了又出名的伟人画像的楼道上灯光很暗，一到晚上发出风的声音，声音还能让人感到冷，也算独特了，和恐怖片里的大学建筑一模一样。实训间还未参观，因为老师说必须"两穿一戴"才能进去，王飞偷偷问是不是穿制服和丝袜，戴安全套。军训场真该死的是一片荒凉，恨不得让所有进去的人马革裹尸还，连个遮阳的地儿都没，像古代的战场。

王飞却对新环境的第一感觉良好，现在的他除了监狱，对其他地方都感觉良好，特别是宿舍。他的视力极好，百米内无障碍处的东西一目了然，而宿舍位置安排得恰到好处，户户相对再偏高的角度，他可以看到女生寝室内的一切。对于一个整天上网通宵打爆头的人能有此等眼睛真是奇迹，让那些成绩优异的四眼感到上帝的不公平。不过他对实训间的某些地方不满意，"两穿"做得很好，"一戴"就不妙了。至于军训场在久经磨练的他眼里毛都不算。

整理好东西王飞就坐在窗户前望着对面，我去休息，两个小时后他把我叫醒，脸上流出一种失望的表情，看来对面是虚有其表。

王飞说："还'技院'呢，连跟毛都看不见。"

我解释道："也许她们都休息了，妓院一般晚上开业。"

王飞说是。

他居然还是那么信任我，而我也十分信任他。

王飞说："我想给家里打个电话。"我点头默许这个建议，他掏出手机，把电线拉长。

我说："这电线是接收音机信号的，打电话可以不用。"

王飞说："要用的，要用。"

我把头凑了过去，王飞把我推开说："你挡住信号啦。"我马上闪到一边，电话仍然没声音。王飞郁闷了，我四处张望，发现电线塔在后面。我说："飞哥，塔在那。"他转过身，电话终于通了。

电话里说："飞机阿，你还好吗？"

飞机说："奶奶，我还好。"

电话里说："你吃饭了吗？"

飞机说："吃了吃了。"

电话里说："你洗澡了吗？"

飞机说："洗了洗了。"

我又把头凑了过去："你没吃没洗啊。"这话好像是心说的，他们没听见。

电话里说："飞机啊，你没打架做坏事吧？"

他正准备开口，电话突然断了。

王飞又把我挪开："你挡住信号了。"

我连忙说："对不起对不起，赶快打回去，不然你奶奶误会了。"

王飞说："我奶奶已经误会了。"

我问："那怎么办？"

王飞说："一误会她就激动，一激动就——"

我着急地问："就怎么？"

王飞说："就睡着了。"

我松了口气。

老人真不容易，如果他们无法承受便会选择生来死去的安慰方式。小孩太小什么都不知道，老人太老什么都不想知道。可老人比小孩受罪多了，什么都放不下。

我对王飞的愧疚再次增加。

天渐渐死去，像电影放映结束时被一道黑幕掩盖。我看对面的女人们还没回来迅速关上窗户说："飞哥，去外面逛逛吧。"早就憋不住的他毫不犹豫地答应了，好不容易从杀千刀的监狱了出来就应该好好的玩一次。

城市的夜晚比白天更加繁忙，灯火通明，川流不息。由于职业病，我们逃离了繁荣来到郊区，两个大男人贼眉鼠眼地逛街。这地方如果偶然邂逅一个美女该是那么奇妙的事，我想到。突然拐弯的地方真冲出一个美女，王飞以为是被人"强奸"准备去英雄救美，没想到后面紧接着冲出一群人，这"强奸"都变成"轮奸"了，估计飞哥扛不住，就放任人群离去。

"强奸"的人越来越多，而且男女老少都来，群众们提着灯，亮起手机，拼了命地往前飞奔，朝同一个方向赶去，看来不是"强奸"。是有什么伟大的领导人去世，都争着去看最后一眼？

我被这壮观的哈雷彗星还难得见一次的景象震住了，停住脚步看飞跑的人群。

王飞脑子里总是离不开暴力："莫非是有什么暴动吗？"

我说："不会的，再暴动也高不过几百万人民解放军啊，不解放你他们就对不起这名字了。"

王飞说："是不是日本鬼子打来了？"

我直接否定这个愚蠢的想法，日本鬼子再能打也不至于直接打到本土吧。

"以中国人的本性来说，要么是发生什么大事看热闹，要么是有利可图，不然咱老百姓今晚积极性怎么这么高。"

王飞点头，拉住一个跑得疯狂，疯狂得摔倒在地的小孩说："小朋友，可以告诉哥哥发生什么事了吗？"

小孩说："叔叔——"

王飞打断说："叫哥哥。"

小孩子："这儿最大的超市发生火灾，正往外丢东西，所有人都去抢了。"

小孩的回答深深印证了我的答案，不仅可以看热闹，还有利可图。

王飞气愤地说："叫哥哥。"小孩被吓哭了，我连忙拉住他："要不要一起去看看？"飞哥摇摇头，我解释道："没事的，那么多人抢政府不可能就抓咱两吧。"

王飞说："咱有前科啊。"

我深入解释："这不是抢，是捡，捡东西不犯法的，不捡也被烧没了。万一走了狗屎运你还能捡个新手机。"

王飞拔起腿就跑，我紧随其后。很快，我们如鱼地融入老百姓的河流中，这种关系老师说是如鱼如水。突然消防车从眼前开过，人们的情绪又高涨几倍，大伙纷纷加速，边跑边掏出手机呼儿唤女，恨不得全天下都是兄弟姐妹。如果是这样，共产主义的理想社会便快实现了。

我们跑了十来分钟，超越了后面挂着拐杖的老人，毛都没长齐的小孩，带着吊针的病人和打着绑带的残疾人，以及无数健康人。王飞产生了极大的自豪感，边跑边用日本话来鼓励人们："呀滴滴，呀滴滴。"我被群众们"不抢白不抢"的精神感动了。突然一队穿蓝色制服的年轻人从岔路出现在眼前，队伍整齐，口号响亮。

"一一二一，一一二一，解救火灾，争做第一。"

我跑到他们中间，制服上明显绣着"第三十八中学"几个大字，看来学校组织学生来抢了。王飞骂道："该死的，抢东西还说得那么正义。"他们的出现无疑加剧了的竞争，大家表示鸭梨很大。我们加足马力，吸下一口气拔开腿像夸父逐日般向西边追去。

学生队伍发现有人超过了他们，阵脚大乱，各顾自地抢前跑起来。我扭头对飞哥说："快跑。"

王飞说："妈呀，跑不动了。"

我大叫道："警察叔叔来啦。"

他马上跟拼命三郎一样疯狂起来，惯性地往前冲。很快，我们感觉越来越接近事发地，听到获得猎物的人们欢呼雀跃。我喘气说："飞哥，疯了，疯了，这些人都疯了。"

一说话马上就有人超过我们，那几个也嚷道："一群疯子。"原来这个世界都是疯子，但人们心中发生这种事除了自己他人才是疯子，一概是疯子。

我们几个相互超越，不分上下。忽然又有一对骑自行车的神经病径直追上去，我的心彻底凉了，缓缓地放慢脚步，再快也快不过交通工具啊。

我瞬间被后面赶来的人群淹没了，从人缝了看到领头的扁扁的王飞那自信的笑容，他回头眼神射向我，似乎在说，兄弟，等我捡到手机再回去救你。我点头默许了他这个眼神，挂着拐杖的老太婆也超过了我。她大呼地说："年轻人，抢东西都不好好抢，长大了怎么去报效祖国？"

我惊奇地看着她，神经病，都是神经病，再这么跑下去估迟早会休克的。于是放弃了抢劫又不算抢劫的大好时机，返回学校。

深夜，我听见王飞爬上床大呼气的声音。

第二天醒来，王飞打开窗户忽然发现对面挂上了一条红色内裤，

猎梦少年

顿时眼前一亮，对我的信任又增加了几分。

休息一夜，大家精力都恢复不少。

王飞叹道："昨晚如果把二六骑去就能抢到新手机了。"

注定了他没那狗屎运，我问："都抢了些啥？"

王飞说："听我慢慢道来。当我赶到现场时已经堆满了人，火越烧越大，印上了天空。

火烧云上来了，霞光照得小孩子的脸红红的，大白狗变成红的了，红公鸡变成金的了，黑母鸡变成紫檀色的了，喂猪的老爷爷在墙根靠着，笑盈盈地看着他的两头小白猪变成小金猪了。他刚想说：'你们也变了'，旁边走来个乘凉的人对他说：'你老人家必要高寿，你老是金胡子了。'

天上的云从西边一直烧到东边，红彤彤的，好像是天空着了火。

这地方的火烧云变化极多，一会儿红彤彤的，一会儿金灿灿的，一会儿半紫半黄，一会儿半灰半百合色、葡萄灰、梨黄、茄子紫，这些颜色天空都有，还有些说也说不出来、见也没见过的颜色。

一会儿，天空出现一匹马，马头向南，马尾向西，马是跪着的，像等人骑上它的背，它才站起来似的。过了两三秒钟，那匹马大起来了，腿伸开了，脖子也长了，尾巴可不见了，看的人正在寻找马尾巴，那马变模糊了。

忽然又来了一条大狗，那狗十分凶猛，在向前跑，后边似乎还跟着好几条小狗。跑着跑着，小狗不知哪里去了，大狗也不见了。

接着又来了一头大狮子，跟庙门前的石头狮子一模一样，也那么大，也那样蹲着，很威武很镇静地蹲着。可是一转眼就变了，再

024

也找不着了。

一时恍恍惚惚的，天空里又像哪个，其实什么也不像，什么也看不清了。必须低下头，揉揉眼睛，沉静一会儿再看。可是天空偏偏不等待那些爱好它的孩子，一会儿工夫，火烧云下去了。"

我说："难怪没抢着，看天空去了。"

王飞一愣，说："哦，抱歉，这是小学四年级语文课本上册第三课第八页萧红写的《火烧云》，从小就喜欢背这课文，现在终于运用上了。"

我急道："都抢了些啥？"

王飞淡定地说："这不是抢，是捡。有一块香皂，一把牙刷，两条毛巾，一支牙膏。"

我惊讶地看着他，正好没钱了，这捡着凑合，连要买的生活用品都省下了。

我们齐瞪着那挤得不成样的牙膏："还差把牙刷。"

2 夜场逐梦

　　这个学校生源极广，人们来自四面八方，五湖四海。虽说四海之内皆兄弟，但谁也不认识谁，谁也不想主动去认识谁。

　　于是，我们越发寂寞。时光来得飞快，去得缓慢，这秒还没过完又飞来一秒，堆起便有了度秒如年的感觉。飞哥想起来监狱的狰狞岁月道："还不如坐牢。"

　　我对这个无所谓，空虚惯了。人一旦对某事习惯可不得了，无论何人无论如何也改变不了这个习惯。除非是特别非常以及十分很重要的女人。男人改变世界，女人改变男人，世界改变女人，如此循环。

　　那一年，我无比寂寞，白天看太阳，晚上看月亮。

　　那一年，我无比空虚，眼里是监狱，心里是电动。

　　那一年，我无比无聊，身边是王飞，奢望是王菲。

　　那些年，那些事。这种难以忘怀的心情只有呆过牢的人才能体会。我仅仅用一组排比句来生动形象地描述那一年。

　　寂寞空虚无聊的日子里，我开始乱想。这个地方发生过无数的案件，这是有史以来第一次破案，也是最快破案的。比如以前死了人，几十年后才知道死了人，再几十年后才知道是怎么死了人。可这次的效率和准确性太出乎意料了，是有什么阴谋吗？

没人知道。

出狱后我们深刻感悟到生活的美好，恨不得像刚从笼子里跑出来的麻雀般"吱吱"地咆哮一天一夜、两天两夜或三天三夜，直到咆爽为止。但我们不是麻雀，王飞"嗷呜——"地狼嚎一声就被人民群众一瓢冷水遏制下去了："大半夜的，叫什么叫？"如果是曾经，他肯定以同样的角度大吐一口唾沫还上去，而且这口唾沫必须溅到那人脸上。今时不同往日，王飞把唾沫狠狠地咽下去："中国公民断不可惹怒中国公民啊。"

这句话表示他的成熟，不再打架，不再鬼混，节约生活的每一秒。我和他出生入死，自然成为最要好的兄弟，同样节约生活的每一秒。因为不知道有哪位哲人说过浪费时间等于谋财害命，谋财害命等于犯罪，犯罪等于坐牢。当然后面那些是自己加上去的。

于是我们又在浪费时光了，按这度秒如年的程度算估计会被判个无期徒刑。

王飞望着那条红色内裤说："出去转转吧。"

我望着牙膏说："得再去搞把牙刷回家。"

王飞说："走，骑上二六。"

我马上走到花园，二六果然还在，只是后座下面的那块用来警示的红色标志不见了。人啊，为什么那么贱，好好的车不要偏偏拿这么一块破东西，搞得那么漂亮的一二六变得如此的不漂亮。罢了罢了，我骑上车说："飞哥，上来吧。"他一屁股坐上去，车小小地摇晃了一下。

路过学校，我们看见宿舍里的学生一排排地拿着那不成样的牙刷齐刷刷地刷牙。看见昨晚那老太婆的拐杖明显地换了新的、带有龙头的黑木漆拐杖；她咧开嘴冲我一笑，嘴上镶进了金牙，在阳光的反射光芒刺得耀眼。看见小孩拿起玩具手枪对着天空打飞机，他走来对飞哥说："哥哥，这是昨天的新型玩具，厉害吧。"王飞听见叔叔变成了哥哥，年龄缩小几倍，心情大好，激动地说："乖孩子，乖孩子，以后不能再抢东西了。"

看见大伙满载而归，我的心情十分沮丧，扭头对王飞说："你不是领头羊吗？咋就弄那点东西回去？"

王飞叹气说："哎——说来话长。"

我说："长话短说。"

王飞叹气道："哎——我是步行族中第一个到达火灾现场的，但有队单车族抢先我们步行族一步，估计是大学生，由于人数太多，刹车不灵，径直地冲进了火场。几分钟后又看见他们满身漆黑，发型凌乱地冲出来，使在场的消防人员老百姓大吃一惊。看来是火势严重，烧的十分狠。消防队员首当其冲地抱起灭火器水龙头什么的往里面喷，那叫一个喷啊。我发挥以前打架的头等前锋精神抱着石头冲进去。后面有人说我像黄继光，因为用身体堵住了火势；又有人说像董存瑞，因为那个石头；还有人说像邱少云，因为被烧的发烫，躺在地上休息休息。"

我说："你小子行啊，抢点东西把三大英雄人物都比喻了。"

王飞继续说："正因为如此，我觉得自己应该拥有英雄气概。消防队员集中水力控制住了还未发生火灾的火灾现场。我带头冲进去，发现里面很多东西都完好无损，就过去拿。被消防官兵拉住，我说自己是里面的员工帮忙般东西，让他们赶快回去消灭有火的地方。马上后面的一群人都说是员工，官兵们就走了。我们抢啊，那个抢啊，那叫一个抢啊啊啊啊啊啊啊——"

我说："你别啊了，后面呢？"

王飞说："啊！学生队伍最先进来的，我拦住了他们。忽然有个女生娇滴滴地拉着我的手说，哥哥，老师让我们来帮忙，如果拿不到东西就让我们别回去了。我一听，丫的，这学校太狠了，不让回去就是让火烧死咯，便放了他们。学生拿得差不多东西就差不多了，有个老太太走过来说，小伙子，太老婆我眼神不好使，你能不能帮我找刚掉下的那颗金牙啊。我连忙说行，俯下身去还真找到金牙，又发现一条新拐杖。老太太说，小伙子，这拐杖也是我的。我就一便都给了她。最后小孩也来了，仓库像被一群老鼠搬空了，千辛万苦才找到一个玩具飞机送给他，那毛孩不是就天天打飞机了嘛。又来一个大妈——"

我听不下去了，气愤地说："你把东西都给别人了，那香皂怎么来的？"

王飞激动地说："听我说完嘛。"

我说："不行，请阿飞同学认真回答问题。"

王飞大叫说："听我说完啊——"几分钟后又"啊"一下，我以为是在抗议，骑了几分钟感觉后面好空，飞哥也沉默，好奇地扭头看，人不见了。

我连忙往回骑，发现飞哥躺在地上"啊啊啊"地叫，羞愧地问："咋啦。"

王飞摸着屁股说："从车上掉下来摔了屁股。"我差点没笑出来，但还是笑了出来。

王飞严肃地说："车坏了。"

我围着二六转转，发现被偷走的那块红色警示牌的地方铁棍都松动了，后座向下倾斜地吊着。我深刻体会到水至清则无鱼，人至贱则无敌的含义。

人，不能这么贱啊！

我扶起王飞问："没事吧。"

王飞说："我死了没事，车死了有事。"

我被感染了，安慰道："没事没事，它有自动修复系统，你的屁股也应该有自动修复系统吧。"

王飞听后放心了，骂道："有个毛。"

我往他屁股望去回答："没毛。"

王飞说："算了，走吧，再不去连牙刷的毛也都没了。"

我重新骑上车问："不能载人了，怎么办？"

王飞说："你骑我走。"

我看着他一扭一扭地样子说："我会不好意思的。"

王飞说："要是我会骑，摔下来的就是你了。"

我吃惊道："啊——原来你不会骑单车啊，早知道不买了。"

王飞说："五十块能买个单车就不错了。"

我听着很欣慰，如果中国人都有这种思想社会就和谐了。

缓过神，我使劲地点头："是啊是啊。"王飞已经一拐一拐地走到前去了，看着他的背影，发现他正在一步一步地，走向发育，走向成熟，走向火灾现场捡牙刷。

骑了很久，不，应该是走了很久。死了以死为先，伤了以伤者为先。走了很久，我们终于到达昨晚那火照得起火烧云的地方。烧得是一片荒凉，比军训场还军训场。

王飞环顾四周，看见一老头蹲在地上哭，估计是老板。他过去关切地说："老爷爷，节哀吧。"

老头骂道："谁是老爷爷，又没死人，节什么哀。"

王飞仔细地瞧去，原来是被火烧得头发卷起来，一坨一坨的。他说："抱歉，没死人更好。钱是个什么东西，生不带来，死不带去，只要生命还在。"然后指着脚上的鞋说："一切皆有可能。"

老板双眼一亮，抱住他的脚说："我的李宁。"

王飞吓一跳，顿时踢开老头，当利益和哲理一起时，肯定选利益。

我沿着事发地边缘转了几圈，终于发现仅剩的一把牙刷，大概也是最后能捡的东西了，便拿上就跑，再唤起王飞。

他屁股还没好，看来是自动修复系统死机，走得任跟跛子一样。

突然地，他心不在焉不由自主漫无目的毫不犹豫情不自禁不受控制地停住脚步，目光茫然地盯着前方。

我望去，居然也心不在焉不由自主漫无目的毫不犹豫情不自禁不受控制地停住脚步，目光茫然地盯着前方。

"好美啊！"我们异口同声。

每个人审美角度、方式是不同的，所以结果也就不同。但这次两个不同的人以不同的角度不同的姿态不同的方式不同的审美观去看同一个人得出相同的结论，证明这个女人是真的美。

"她拥有一头乌黑浓密的秀发，齐刘海下的柳叶眉弯弯的，黑色的瞳孔映出了景物的缩影，直挺的鼻梁下，粉嫩的樱桃小嘴微微翘起，让人想一亲芳泽。修长的脖颈、完美的身材，像不食人间烟火的精灵，在阳光的抚摸下，头顶仿佛出现了亮眼的光环。"我的日记本里准确地描述着当时的情景。

王飞马上想到妹喜、妲己、褒姒、李师师等形象，而我脑中活灵活现地浮现了杜甫"绝代有佳人"的诗句，此人正是彼人在现代的转世。我不懂这首诗是什么意思，只知道里面描写的佳人肯定是美。又想到曹植的《洛神赋》：其形也，翩若惊鸿，婉若游龙。

我惊讶自己片刻之间想起那么多要求背诵的而不会背的句子。美女忽然咧开嘴一笑，我马上把她的脸和杨贵妃的脸换上，什么是六宫粉黛无颜色，什么是回眸一笑百媚生。

这个笑范围很广，可以迷倒众男生。飞哥和我同时咧开嘴回笑以示礼貌。她又伸手挥挥，挥动的范围就更广了。我和飞哥心猛烈地跳动，同样挥了挥。挥动之致，余意未尽啊。

这一见没有钟情，是钟了心。

世界上没有那么多真正的一见钟情，只是第一眼看见动了心。如果你没有对第二个动心就和第一个成为世人传诵的一见钟情，如果你对第二个动心没有对第三个动心便会忘了第一个和第二个是一见钟情。依此类推，世上传诵的一见钟情多了去了，而所谓的钟也只是钟于美貌罢了。

男人啊，更贱。

王飞瞧得厉害，保持着左手摸着屁股，右手捂住腰，眼神斜着盯的姿势。他忍住了，屁股没忍住，摸着屁股叫起来，我走过去问："怎么了？"

王飞说："快看美女。"

我假装问："美女在哪？"

王飞说："前面。"

我假装望去，她还在挥手，即使已经挥过了，我还是举起手再来一次。

挥了半分钟，我忽然觉得这女士是神经病，摆这么久不酸吗？

我环顾四周，妈呀，这范围比想象中的还要广，在场只要性别生下来被判为男，视力或矫正视力在 4.8 以上的人，无论是太监和尚还是人妖，都举起翅膀。刚开始以为是占尽金光，但沾光的人太多便和普通的光没区别。

可飞哥没那么认为，摸着屁股眼神直勾勾地盯着她。

正当我决定离开这光走进黑暗时，普通的光又变成金光向我用来。

美女迈着优雅的步伐向我们这边——不，向我这边走来。当女人和兄弟一起时，兄弟如手足，女人如衣服，谁动我衣服，我砍他手足，谁动我手足，我穿他衣服。所以还是女人重要，唯一理由是爱情是自私的。

我想起了席慕容，我感觉自己就是那颗未开花的树，即将开花。

如何让你遇见我

在我最美丽的时刻

为这

我已在佛前求了五百年

求佛让我们结一段尘缘

佛于是把我化做一棵树

长在你必经的路旁

阳光下

慎重地开满了花

朵朵都是我前世的盼望

当你走近

请你细听

那颤抖的叶

是我等待的热情

而当你终于无视地走过

在你身后落了一地的

朋友啊

那不是花瓣

那是我凋零的心

　　因为王飞在我旁边，他肯定也是这种感觉，而且感觉肯定比我强烈。

王飞快流口水了，漫不经心地问："这女的怎么样？"

我差点说，那不是花瓣，那是我凋零的心。我清醒来，死要面子地回答："一般一般。"

王飞接下去说："世界第三。"

我说："我可不是这么想的。"

王飞说："还好你不是这么想的，她正往我这里走。"

看来王飞比我还自私，我顶多心里想想，他却直言不讳地表达出来了。

我说："是呢。"

后面立马传出熟悉又陌生的声音："是个鬼，她是找我的。"我们不理她，即使是真的也不愿相信被占尽金光的现实。渐渐的，我闻到一股女人的香味，很香，香到勾起了回忆。

社会的进步总推动着那么一系列的进步，在这个越来越进步的社会，我只有早熟赶上了时代。

从小学四年级开始我暗恋一个女孩，我们的相遇发生得十分莫名其妙。当时有首叫《小薇》的歌很红，同学们整日哼唱，我受他们的影响也整日哼唱。但这个整日是相对的。我不明白他们为什么总是比我快一步，当我跟风唱民歌时他们唱邓丽君了，当我唱邓丽君时他们唱张国荣了，当我唱张国荣时他们唱迈克尔·杰克逊了，我便不敢再唱，估计这些人迟早会被他们唱死的。于是认为自己才是真正的爱，他们不是。

那天我正在唱《小薇》，因为怕被同学们发现我模仿他们，所以跑到学校竹林躲着嚎。一曲下来，高山流水，鸡飞鸟叫，闹得竹林片刻不安宁。我则感觉甚爽，激动得唱下水冲击着膀胱，挤满溢出到尿道。二曲下来，天高云淡，鸡赶鸟飞，我终于忍不住进了这里唯一的厕所。

刚脱下裤子，外面有人问："有人吗？"

听到是女生的声音，以为问里面除了我之外还有没有人，便回答："没人。"

女生走了进来，我连忙拉上裤子回头望，瞬间呆住了，跟歌中唱的一模一样。

有一个美丽的小女孩

她的名字叫作小薇

她有双温柔的眼睛

她悄悄偷走我的心

小薇啊

你可知道我多爱你

我要带你飞到天上去

看那星星多美丽

摘下一颗亲手送给你

当我缓过神来，女生早已骂句"流氓"就走了，而我的裤子也载满了水——是尿。从此她像一把刀一样深深地刻在我心里，我多想带着她飞到天上去摘下一颗星星亲手送给她……虽然不知道女生的名字是不是叫小薇，但她从此就叫小薇了。

第二天我又看见小薇了，人生就是这么奇怪，不注意的时候就算经常从你眼前溜过去也看不见，注意的时候就算再远的东西也看得见。她在教学楼的这一头，我在教学楼的那一头，只能每天放学的时候含情脉脉的痴心相望。我体会到了余光中《乡愁》的内在的感情，说明文学作品只要和恋爱勾搭起来便表达得充分无疑。我开始怀疑那些作家写出一些伟大作品的时候是不是在暗恋某人，比如纳兰性德的《长相思》。

　　山一程，水一程，身向榆关那畔行，夜深千帐灯。

　　风一更，雪一更，聒碎乡心梦不成，故园无此声。

我对这首词似曾相识。暗恋的情思如怀胎九月的女人般难受，只恨不得马上把孩子产下来。教学楼有两个楼道，每天上学、放学、上厕所我都故意往她那边走，希望隔着玻璃窗看到她美丽的大眼睛的同时她能回望我美丽的小眼睛一下。

四年级过去了，她竟然视我如无物，一眼都没看过。我默默念起：

　　我打窗口走过

　　那等在季节里的容颜如莲花的开落

> 东风不来，三月的柳絮不飞
>
> 你底心如小小寂寞的城
>
> 恰若青石的街道向晚
>
> 跫音不响，三月的春帷不揭
>
> 你的心是小小的窗扉紧掩
>
>
>
> 我达达的马蹄是美丽的错误
>
> 我不是归人，是个过客……

可是，这样的错误，我错过了整整一年。

暑假，在远方打工的小优姐姐回来，我把这事告诉了她。

小优表姐是我除了小薇外第二个喜欢的女人。当然第一名和第二名之间的差距就像北大和哈佛的差距一样大。喜欢的理由是她每天回来都给我带一大堆玩具和小吃，而且小优姐姐长得十分漂亮，脸白胸大，腿长腰细，前凸后翘，从她身上男人们明白了性感的含义。

据说她在香港工作，不用干活，只睡觉月收入过万。她很正常地从表姐过度到"婊姐"。

我贴在她胸前说："姐，我恋爱了。"小优姐姐先是好奇地张大嘴巴，然后抚摸我的头部说："恋爱好，恋爱能让人变得更聪明。"

我说："可她不喜欢我。"

小优姐姐忽然止住我正去"抚摸"她的动作："那不是恋爱，那叫暗恋。小孩子怎么能乱说话。"

我吓着了："呜呜——"

小优姐姐安慰道："乖乖，别哭别哭。"

我嚷得更厉害了："什么暗恋恋爱的，反正我就是喜欢她。呜呜。"

小优姐姐说："好啦好啦，是谁让我们家乖乖那么迷恋啊。"

我停止哭泣，唱到："有一个美丽的小女孩，她的名字叫做小薇。"

小优姐姐说："喔，叫小薇啊，把她照片给姐看看。"

我没有拍照片的工具和就算有也没有偷拍照片的勇气，只能凭着印象画出一副她的肖像来。但由于小优姐姐在身边，眼神和心灵混乱，把小优姐姐脸白胸大、腿长腰细、前凸后翘的特征也加了进去。

小优姐姐赞道："好苗子！"

我捂住脸说："画的一般般啦，不要夸人家，人家会害羞的。"

小优姐姐说："又没夸你，害羞什么。姐是说她是个好苗子。跟姐年轻时有一拼。如果好好培养，估计能造出个江南第一名技出来。"

我问："名技是什么？很有名的技工吗"

小优姐姐点点头："嗯，就是技工的女生，出名的技女。"

我又问："技女是什么？"

小优姐姐说："就是我现在的工作，不用干活，只睡觉，月收入过万的工作。"

我激动地说："耶耶！姐姐，姐姐，我也要当技女。"

小优姐姐说："不行，你不适合。"

我问："为什么？"

猎梦少年

小优姐姐说："你不能'做鸡'，只能'做鸭'。"

突然一只鸭子"嘎嘎"地走过去，我喊道："耶耶！我要做鸭。"

小优姐姐说："不行，你太小了。"

于是我的梦想因为年龄被她一次又一次地像打胎一样打掉，于是我越来越渴望长大。

我说："姐，她不喜欢我怎么办？"

小优姐姐惊讶小孩能在转移话题后能马上找回话题的能力，说："以老姐纵横情场几十年，令无数男人拜倒在石榴裙下的经验，要想追到她，你必先苦其心志，劳其筋骨，饿其体肤。"

我听着吓一跳："这是要干啥，当党和国家的领导人吗？"

小优姐姐说："你多想了，领导人算个啥，还不是照样拜倒在老娘的石榴裙下。"

从她自称"姐"到"老姐"到"老娘"的过程中，我敬仰地盯着她那超短裙，系好红领巾，举起右手齐眉说："姐，你好棒。"

女人被夸就受不了，小优姐姐说："老娘干这行来这么多年一直被人瞧不起，我决定把终生所学都传授给你，让你追到那苗子。"

我使劲地点头，脱下衣服转身，等待姐姐使出玉女心经什么的打开我的任督二脉，传授大法。

小优姐姐骂道："你个小流氓，脱衣服干嘛？"

我说："等待你传功啊。"

小优姐姐语重心长地说："传个鸟功啊，你当老娘练过葵花宝典么。你听我说吧。小学的女生都喜欢耀眼的男生，所以你现在得努力学习，考到第一名，放出耀眼的光芒。这时候你可以对她表示爱意，但不能太直接。初中那个的女生都是外貌协会，喜欢帅帅的男生，所以你这时候必须去整个容。高中女生是色女协会，喜欢坏坏的男生，你应该学会抽烟喝酒打架，趁着酒醉把她骗上床，生米做成熟饭，再……。"

我似懂非懂，感觉初中和高中过于遥远，而且自认为长得还算对得起中国共产党，又对上床什么的一概不懂，所以只能在小学的阶段狠下功夫。最后，小优姐姐警戒说："谈恋爱唯一好处就是免费嫖，你应该多追几个。"

我不懂，只能回答："是，多追多追。"此后，我苦其心志，劳其筋骨，饿其体肤，发奋图强，悬梁刺股，凿壁借光，囊萤映雪……终于在半年内把成绩赶上去了，五年级上学期的期末考试夺得第一名，胸带大红花被挂上光荣榜。小薇果然跟小优姐姐说的那样开始关注我，在隔着玻璃看着她美丽的大眼睛时也回望我的小眼睛一下，瞬间擦出爱的闪电。

这时候我开始唱刀郎的《情人》，希望用你那火红的嘴唇，让我在午夜里无尽的消魂。当我把这个想法告诉她时，小薇反手就是一巴掌："我讨厌刀郎。"我被打蒙了，再也不敢提这事。

经过细心观察才知道小薇最近在看红遍两岸的台剧《微笑百事达》，经常冲我说，只要笑一笑，没什么过不了。搞得我每天跟家里死人想不开似的。已经实现第一步，我打电话给正在香港工作的小优姐姐说："接下来该怎么做？"

小优姐姐很激动，好像在为我第一步成功庆祝，高兴得"啊啊"叫，消停会儿才说："人家都看偶像剧了，你还在唱刀郎，你out啦。"

我问:"那怎么办?"

小优姐姐说:"看偶像剧去。"

我应答:"嗯,姐姐拜拜,国际长途贵,就不听你啊啊啊啊了。"

我立马把《微笑百事达》通看了两遍,不由自主地模仿里面主人公的动作,擅作主张地给小薇改了名字——乌龟妹。她竟配合地唤我"扫把星"。刚开始双方都总感觉这名字晦气,不适应,只敢私底下叫,因为学校里"乌龟妹"和"扫把星"实在太多了,生怕被别人知道抢走了我们这独一无二的称号。

但女人是善变的动物,《微笑百事达》渐渐淡下去小考也即将来临,小薇突然横下一颗心,发奋学习,勿谈感情。我仿佛被打入冷宫,又回到四年级的生活。

女人改变男人,男人改变社会,社会改变女人。忽然某天同桌苏喃送来一封信,苏喃同学可是出了名和八卦而且对本帅哥的超级嫉妒,想必这封信肯定事先经过了她的眼睛,所以我怀疑后面肯定还有隐藏内容。据武侠小说载:秘密信件需以火攻、水浸、烟熏……据当代书籍载:电报……我们学校还没一个人用得起和会用电报的,所以排除了第二种方法。下课后我便独自拿杯水和打火机出去躲在角落。这时我便矛盾了,到底是先火攻还是水浸?如果先火那燃没了怎么办?如果先水那点不着了怎么办?这个问题足足纠结了五分钟。

后面有只手拍了蹲着的我:"喂,信你看了没啊?"

小薇?我站起来说:"还没,怎么啦?你给我写情书啦?"

她反手给我一巴掌:"谁给你写情书阿,是让你把数学教材借给我。"

我摸摸脸，又摸摸裤子，忽然她又反手一巴掌："流氓。"

我郁闷地望向自己裤子，不过是今天衣服都洗了，只好穿了四年级的那条被尿打湿的裤子而已，可是就露个脚跟啊。

没想到这一巴掌后我们从此都不说话了。小考后我升入初中，她却偷偷地选择了转校。就因为那件裤子，小薇莫名其妙地永远离开了我的生活。

"是个鬼，她是找我的。"

美女走近的浓香已经盖住了回忆中的那股味道，她激动地走过去抱着说话的女生："哦，小琳。"

小琳说："哦，小优。"

我听着差点晕倒，本来像小薇的她居然叫着小优姐姐一样的名字，人生太无奈，世界太变态。可这一幕太泰坦尼克号了，王飞不甘心被占尽金光，硬从中插进去说："哦，美女，你是小优么？"

美女说："是啊。"

王飞鼓掌道："小优的小，小优的优；好名字，好名字！"只要人美，她的一切都美了。我心里想着，扭头看到，又险些一惊，原来小琳就是报名时遇到问"什么第一次"的女生。

她看到我，脸又红了……

我问王飞："咱长得有那么帅吗？"

王飞说："我帅，你不帅。"原来在美女面前他还保持着清醒。小优哈哈大笑说："他比你帅多啦。"

对，这个是实话，绝对是实话，我可以证明。年仅十八岁——虚岁十八的我拥有一米七六的身高，明星一样的脸和母亲是公司老板的家境，典型的高富帅。而小优是典型的白瘦美，我自豪地靠近她一些，仿佛让众人看到我们般配的模样。

王飞马上知道不妙，挤到我们中间，摸着屁股问："美女，你们来这干嘛的？"

无论是谁看到这个动作都会觉得猥琐，看来王飞还是涉世未深啊。小琳抢先一步说："来抢——"却被小优无情地打断："我是来找琳琳的。"

我"哦"地一声，然后拿起手中仅剩的牙刷，妈呀，瞬间毛掉了。还真应了王飞那句话，连个毛都没了。

王飞怒视道："现在的年轻人，就是心浮气躁，拿把牙刷都不好好拿。"我不好意思地挠挠头，似乎能抓出虱子来。突然越挠越爽，索性继续挠下去。

王飞望着我点点头，但看着我这老实模样又摇摇头。挠着挠着，忽然身上痒了起来，我不自觉地抓起牙刷挠胸口，又觉得姿势不对，便倚在摸屁股的王飞的身上，先是像猪一样蹭蹭，再把牙刷伸进胸口，使劲地抓了两下。这样才感觉好些，再把牙刷拿出来，突现一根毛。

我抬头，原来王飞一直在望着我刚刚的动作偷笑，看到毛像发现宝似的嚎叫："毛！"

我说："毛个毛啊，是牙刷的毛好不好。"

王飞说："肯定是毛。"

我正准备回答废话，王飞却伸出蹄子过来抢毛。不就是一根毛而已，有什么好证明的。我迅速丢掉毛，举起脚在地上使劲地踩并挪动，直到毛如烟飞。这种手法像毁尸灭迹，王飞不高兴地看着空白的地面，小琳朝着我吼一声："小色狼。"

我不解了，辩道："你凭什么说我是色狼？"

小琳说："拜托听清楚，是小色狼，xiao，小色狼。"

我问："那你凭什么说我是小色狼？"

小琳说："因为你那根毛。"

看来毛引出蝴蝶效应了，我生气地又拔出一根说："毛？你想要啊？你要是想要的话你就说话嘛，你不说我怎么知道你想要呢，虽然你很有诚意地看着我，可是你还是要跟我说你想要的。你真的想要吗？你为什么想要？要了又拿去干嘛？千万别伤到人，就算伤不到人，伤到花花草草也是不好的。你还是想要吗？那你就拿去吧！你不是真的想要吧？难道你真的想要吗？……"

我还没说完小琳"哼"地一声转身就走了，我发现王飞趁机在和小优私聊。他谈话的大致内容是——

首先他还是引用了《火烧云》：当我赶到现场时已经堆满了人，火越烧越大，印上了天空。

火烧云上来了，霞光照得小孩子的脸红红的，大白狗变成红的了，红公鸡变成金的了，黑母鸡变成紫檀色的了，喂猪的老爷爷在墙根靠着，笑盈盈地看着他的两头小白猪变成小金猪了。他刚想说："你们也变了"，旁边走来个乘凉的人对他说："你老人家必要高寿，你老是金胡子了。"

……

一时恍恍惚惚的，天空里又像哪个，其实什么也不像，什么也看不清了。必须低下头，揉揉眼睛，沉静一会儿再看。可是天空偏偏不等待那些爱好它的孩子，一会儿工夫，火烧云下去了。

　　当他念完时，生怕小优知道这是小学学过的课文，但心里还是做好了相应的准备：我发现昨晚的火灾现场和"火烧云"的现象和相似，所以情不自禁地用美丽的语言朗诵起来，有些失礼，抱歉。连小优听到这句话后的结果都想好了：哇，偶像，作家！签个名吧。

　　可人生不是按你思想来的，凌乱的人生里现实更加凌乱。小优明显忘记了这篇课文，淡淡地道："怎么半天你老在看云？还那么惬意。"

　　王飞有些失落：难怪来这个学校，成绩比我还差。

　　他又开始回忆，情绪波动了："其实没有啦，昨天的火真的烧得很猛，那是火烧得猛啊，那叫一个猛啊啊啊啊啊，烧得锣鼓喧天，鞭炮齐鸣，红旗招展，人山人海。我是步行族中第一个到达火灾现场的，但有队单车族抢前我们步行族一步，估计是大学生，由于人数太多，刹车不灵，径直地冲进了火场。几分钟后又看见他们满身漆黑，发型凌乱地冲出来，使在场的消防人员和老百姓大吃一惊。看来是火势严重，烧得十分狠。消防队员首当其冲地抱起灭火器水龙头什么的往里面喷，那叫一个喷啊。我发挥以前打架的头等前锋精神抱着石头冲进去。后面有人说我像黄继光，因为用身体堵住了火势；又有人说像董存瑞，因为那个石头；还有人说像邱少云。"

　　小优惊讶地问："黄什么光？"

　　王飞顿时呆住了，怎么这女人跟白痴一样。

我是第一次看他这么有声有色地表演，双手像掉入河里快死的人一样不停地乱甩，不忍破坏气氛，淡定地回答："黄继光，拍电影的，而且拍的一身光。挺有名的一人儿。"

小优说："哦哦，我不看那种不良电影的。"

我说："嗯嗯，好孩子，王飞常看，难怪他形容得那么形象。"

王飞醒过来继续说："火烧得更猛了，那叫一个猛猛猛猛啊啊啊啊啊，烧得锣鼓喧天，鞭炮齐鸣，红旗招展，人山人海。消防队员集中水力下灭了还未发生火灾的火灾现场。我带头冲进去，发现里面很多东西都完好无损，就过去拿。被消防官兵拉住，我说自己是里面的员工帮忙般东西，让他们赶快回去消灭有火的地方。马上后面来一群人都说是员工，官兵们就走了。我们抢啊，哦，不是他们抢啊，那个抢啊，那叫一个抢啊啊啊啊啊——"

他停顿下，以为小优会像我一样着急地说，别啊了，后面呢？

很不幸地又没有发生，王飞说："啊啊啊！学生队伍最先进来的，我拦住了他们。忽然有个女生娇滴滴地拉着我的手说，哥哥，老师让我们来帮忙，如果拿不到东西就让我们别回去了。我一听，丫的，这学校太狠了，不让回去就是让火烧死咯，便放了他们。学生拿得差不多东西就差不多了，有个老太太走过来说，小伙子，太老婆我眼神不好使，你能不能帮我找刚掉下的那颗金牙啊。我连忙说行，俯下身去还真找到金牙，又发现一条新拐杖。老太太说，小伙子，这拐杖也是我的。我就一便都给了她。最后小孩也来了，仓库像被一群老鼠搬空了，千辛万苦才找到一个玩具飞机送给他。然后什么都没了，没了。"

王飞的描述太形象，我忍不住被感染了，安慰道："老飞，没事没事，咱还有呢。"只有在没人的时候才敢唤他老飞。他演戏太投入也没太注意，小琳却过来左右三巴掌，这姿势活像小薇打我时那样帅！酷！妙！如果没被她扇两巴掌，你就不知道什么叫响亮，什么叫锣鼓喧天鞭炮齐鸣的"掌声"。

王飞被打蒙了，马上用手捂住脸，但怎么也遮不住那青一块紫一块印记，像活生生地被人贴上了几道风景线，鲜艳极了。本就瘦的脸又红肿起来，风也来凑热闹，把那中分的发型吹起，使整个头部体现得淋漓尽致。

我又没忍住笑了，心想，这小子很少被人打呢，你就这么过去三巴掌，离死路不远了。然后瞥了一眼小琳，却被她狠狠的眼神给压下去。

王飞蒙了一会儿，左手捂住脸，右手举起拳头，向前走三步，直逼路琳的鼻子，说："臭婆娘，你干嘛打我？"

小优也蒙了，发呆地望着小琳，我猜她心里肯定在偷笑，不过·王飞不打女生的。

小琳用手撑起腰，挺起胸脯，使鼻子可以够着王飞的鼻子，好压下气势，彼此望了几秒才回答："谁让你啊呀啊的，我以为你对小优做什么事呢。"

王飞鼓起嘴吹着中分的头发三分说："什么？我对她能做什么事？"

小琳说："那种事。"

王飞说："信不信我对你做那种事。"

小琳说："你敢？"

眼看两人就要从华山论嘴发展到论剑了，我忙拉住王飞，关键时刻，总有那么几个傻逼出来当替罪羊，没想到此女如此暴力，抬起脚对准我两腿中间狠狠一踢——不过没踢着，哈哈哈哈，还好我闪得快，踢到了老飞。王飞马上产生了四个动作：王飞捂住下面，王飞一声尖叫，王飞脸色煞白，王飞倒在地上。

五秒钟后，王飞站了起来，我说："我们要时刻保持冷静的态度对待双边关系，争取友好和平共处，通过外交手段解决问题。"

谁知王飞挪开我就骂道："冷静个鸟。"看来他非得讨回那一飞毛腿才公平，不过女人下面……

我说："冷静，冷静。"

王飞说："感情踢的不是你，不会蛋疼。"

好不容易控制了局面，可不能再动用武力，但我不敢再前去充当傻逼。在这千钧一发之际，另一个傻逼——小优走了过来，张嘴欲说什么，是有劝架的姿势，谁知王飞烧坏了脑袋，一只手不偏不倚，一下子打到了小优的脸上。小优的脸瞬间变换了三种颜色：红——绿——青。小优转身拉着小琳就走。

美女性格倒不同暴女，但是被这么莫名其妙地扇了一巴掌，只能心里暗暗忍着，已期来日再报。更何况君子报仇，十年不晚，女士报仇，百年不晚。那时再把骨灰挖出来洒在火中数以万次地去烧，一直烧到最后灰都没有变成空气，才可泄心头大恨。倘若是小琳女士挨了这一巴掌，肯定马上还十八掌。她到不记仇，一般有仇当场就报了。

王飞打得心跳不停，脸上极其难看，想追上去解释无奈屁股不
争气，一时疼得厉害，无法赶上正常人，只能甩手作罢，恨不得把
身上的器官都甩下来作补偿。

　　唯一的牙刷没了毛，太阳也渐渐从眼前消失，飘来一群乌云。
气温变化反常，这天冷得像个笑话，日子过得像句废话。

　　王飞的脸像极了乌云，我推着二六自行车陪他回去。印象中，
无论是进监狱之前还是进监狱之后，王飞都是不打女生的。

3 气派厕所

飞哥的出生很令世界悲惨，他的人生一直随着家庭的变化而变化。

王飞出生在199×年秋天的中国南方的某个乡镇，就在他呱呱落地的那刻，在外挖井的父亲也呱呱落地了，摔得头破血流直冲天庭。刚生产完的母亲准备自杀，姐姐劝她说，把孩子带大，已经没爸爸了，不能再没妈妈。

母亲还是想自杀。突然孩子哇哇一哭，嚷得医院顿时沸腾，她望着墙上的"静"字马上安慰说，宝宝乖，妈妈不自杀了。孩子的哭声马上停止，然后医院彻底沸腾了。大家都认为他是天才，如此通人性，日后定是可造之才。荣华富贵少不了，万一他爸显灵搞个王侯将相也说不定。母亲咬咬牙，泪汪汪地看着这孩子，觉得一把屎一把尿也要把他拉扯大。

但没伞的孩子必须努力奔跑，在这个斑马线不是起跑线，起跑线却是斑马线的社会，不争分夺秒就会被后面赶来的车压上天。于是六年后母亲借来很多钱把王飞送去了学前班，还报了少儿美术班，少儿书法班，少儿写作班。准备再报个少儿钢琴版，但精打细算下来绝对是买不起钢琴，也无法支付以后的花销的，而且这个世界只有一个郎朗，于是取消了这个想法。

王飞上的山花学校是全乡唯一的学校，融合学前、小学、初中于一体，乡也是全市唯一的乡，其他的都是镇级别。这里本不注重文化，但前两年从大山走出一个官员，据说走得还很远，从大山到了香港。全乡人为之兴奋自豪，乡长召开第一届改组会议连续讨论两年。山花学校更是从缺爱到敬爱到敬仰到久仰，万万想不到能把一个花朵培养成祖国的参天大树和骨干，千辛万苦从一大堆老式毕业照中找出他的头像经过剪切、放大、装扮再镶上大红花才挂到校门口的石头上面。王飞刚看到时吓了一跳，以为是死者。老师也深有体会，抬头示意看上面"山花小×"几个大字，也许那"×"是"学"，久经磨难后被风雨侵蚀了。一人得道，鸡犬升天，当地便开始主抓文化，可这唯一的学校再怎么看也不像学校，领导怀着忐忑的心给"走出官员"报信说缺钱修建母校，故意把"母校"两个字强调十分重，谁知他一个电话下去，市政府马上拨款下来，领导们拿着钱又开会两年才大刀阔斧地改建校园。

这里的人有个嗜好，就是非常注重厕所的环境，理由是学生们随地大小便的现象太严重了，偶尔天黑时老师也乱嘘嘘一番，所以主抓文化就要从主抓厕所文化开始，全票通过重建"山花五星级卫生间"的方案，剩下的钱用来修老师宿舍和办公室。

工程结束时王飞正好迈进学校的大门，第一感觉就是厕所太气派，不仅名字吓人，颜色也亮得吓人。不看不知道，一看吓一跳，里面不仅有自动冲水系统，还有自动排尿系统，水池见人也能出水，整个厕所标志着中国迈向自动化的第一步。王飞觉得这一切太神奇，顿时傻了眼。老飞他妈带着他去报名，学校为了更加表示注重文化还设了道门槛，能从一数到一百的小朋友直接升一年级"深造"，数不到的小朋友读学前班"深造"。老师出到一百是有道理的，万一多了自己也搞不清楚，无奈王飞天资聪慧，从一数到了二百引起了全校师生的重点关注，再加上刚刚拉尿甚爽，灵光一现又加数了五十。这样超过了目标老师也没搞清楚，老师问，到几了？王飞说，二百五。老师准备说，你骂谁二百五阿，但由于承认自己的确有点像二百五便没有说出来，只是让他再数一次，结果还是一样。众人认为这孩子也许是第二个出走大山、走进港澳台的人，正决定通过，老师忽然嚷道"4"落了。

四是老飞全家的禁忌，因为谐音死。老飞他妈在儿子的所有书中把"4""四""肆""Ⅳ"都抹掉，以至于他压根就不知道"4"是什么，最终还是被送进了学前班，像天鹅进入了鸭窝变成了丑小鸭。

这样一个天才就被扼杀在摇篮中了。

王飞喜欢上少儿美术班，因为老师特年轻，特漂亮，头发特长特香，身材特好，比有些绘画作品中的美女还好看，来得更加形象生动。这是他第一次对美学的认识，并不像有些美学大师讲的那样，什么美是主客观的辨证统一的美学观点，认为美必须以客观事物作为条件，此外加上主观的意识形态或情趣的作用使物成为物的形象，然后才是美。他对此感到厌恶，每个人欣赏美的眼光不同，何必把自己的观念强行灌输到别人身上，美就是美，自己觉得美就是美。

美术老师走的是骨感路线。骨干和性感是类似的，骨头都露出来了能不性感么。不仅如此，她还很果敢，有时候画出一些莫名其妙千奇百怪无奇不有的陌生自己，画的人比她本尊还骨感性感。

书法班的老师是位六十多岁的老头子，拿的毛笔比他们都高，而且显得更加骨感，和毛笔站一起像兄弟俩。于是有个称号叫"老笔"。

王飞的字深得老笔喜爱，像极了他那骨感的身段，龙飞凤舞，笔与画之间结构散乱。同学们说写得像鸡爪，老笔说这是草书，草书，草书你懂么。

最讨厌上的是写作班，因为老师是一个中年男人，从讨厌他的发型开始到讨厌他身体的每一个地方，恨不得扒其皮、抽其筋、喝其血、断其骨，当然也是在他嘲笑自己的时候才那么想。

王飞不明白他每天为什么要把前面的刘海梳得那么齐，再往上弄起，斜搭在右边，像抗日时的翻译官、狗汉奸。这个中年男人头发两边茂盛，中间稀少，油亮油亮的，同学们说是涂了猪油，便唤他猪油哥。

猪油哥颇爱读古文，经常在讲课兴致正浓时冒出几句之乎者也出来，"下座生竟无人能懂"引得他备感自豪，认为当今世界古文无人能比，"往往仰头而俯视天下"。

猪油哥说小孩学作文是非常苦难的事，就比如"花儿为什么那样红"你们知道是什么意思吗？他本以为孩子们会被表面的陷进迷惑，去思前想后地回答花儿为什么那样红的原因，不知是他们太聪明还是太愚蠢竟没有发现陷井用倒装的句式回答说"就是为什么花儿那么红"。猪油哥一激动居然在课堂上哼起了刀郎的花儿为什么这样红？哎，红得好像，红得好像燃烧的火，它象征着纯洁的友谊和爱情。花儿为什么这样鲜？为什么这样鲜？哎，鲜得使人，鲜得使人不忍离去，它是用了青春的血液来浇灌……

两年下来，王飞的成绩原地踏步，频频拿鸭蛋回家，老飞他妈大大地失望了，又是哭又是不知道该怎么办，决定把他爸的画像挂在房间，让他面壁整个暑假。一来可以喜欢老飞他爸在天显灵好好保佑这孩子，二来以逆境激励他，让他明白努力念书，长大了承担报效祖国的重任。三来可以安下心复习、预习、学习。

没想到计划失败，第二天姑姑打电话来说让他们去城里玩玩。

夏日的阳光格外刺眼，风把千纸鹤吹到半空又落了下来，犹如被放飞的麻雀带着青春的梦想在另一个世界远行突然断了翅膀，

王飞歪着头看公园的白纸飞起，跳着拉住旁边一个大人的衣角问："姑姑，姑姑，那是什么？"

姑姑望去说："千纸鹤。"

王飞问："什么是千纸鹤？"

姑姑被问住了，不知道该怎么解释这个问题。如果说得太难小孩子无法理解，太简单又会损害到自己的威信。想了半天老飞他妈却憋不住了："一种用纸折的鹤。"

王飞又问："什么是一种用纸折的鹤？"

姑姑被孩子爱提问的精神感动了，如果向天文方面发展，估计外星人也能让他刨根问底地揪出来。可这个太抽象了，姑姑说："你自己去抓只看看啊。"

王飞便追了去，公园播放着热曲"我和你缠缠绵绵翩翩飞，飞越那红尘永相思"正符合此时此景。他眼睛盯着上面乱跑，差点跨进了水池，被一个年龄差不多大的女孩拦住。

"你干嘛哩？"

王飞看了一惊，好险！

救命之恩这是感情不以身相许就不能划上等号。即使年龄小，有些他还是懂得的。但王飞有些怕陌生人，先是退后几步才发现这女孩长得跟美术老师一样性感美，小时候就这样，长大了得美到什么程度啊。

他指着说："抓那个。"

女孩像变魔术似的掏出一大把："你是说这个吗？"

王飞使劲地点头，女孩说，这个叫千纸鹤，之所以叫千纸鹤是因为有个传说，只要你能折一千个这样的纸鹤再许愿，愿望就会实现哦！

这个"哦"说得余音绕梁，王飞崇拜地看着她，准备深入探讨关于纸鹤关于愿望的问题，却被妈妈和姑姑带走。

从此他对她的思念比"哦"还绕梁，如滔滔江水，连绵不绝，又如黄河泛滥，一发而不可收拾。还在地上偷偷地捡了一个纸鹤回家，拆了折，折了又拆，终于领悟了方法。

亲自折一千个纸鹤真的能实现愿望吗？

没有答案的答案。

小孩一直是个容易欺骗的动物，好比他们相信奥特曼能打倒小怪兽就一定能打倒小怪兽，灰太狼抓不到喜洋洋就一定抓不到喜洋洋，恰好结果也正是这样，所以小孩的世界是完美的。愿望一直是个美好的东西。

他希望能再见女孩一次，一眼也行。他不知道这是怎样的想法，更加不知道自己为什么有这样的想法，但的确产生了这个想法，便决定折一千个纸鹤祈祷。

漫长的暑假如来月经般难熬，在家"面壁"折千纸鹤两个月后王飞又像解除痛经的苦楚般重返校园。

成绩差的学生老师都不喜欢，这是人类与生俱来的偏爱，造成了成绩好的越来越好，成绩差的越来越差。而好的只有那么几个，差的一大排，王飞身强体壮被安排在最后一个座位。

又过了三年，万物都在规律不规律地变化着，美术班的老师已经嫁人，成了他的遗憾；书法班的老师老了，拿不动那支毛笔，便一怒之下卷铺盖走了；写作班的老师写了本书出版，引起当地的巨大轰动，成立了当地第一个文化站，自己担任副站长，站长是乡长。王飞气得咬牙切齿，凑了半年的零用钱准备买一本，买时才知道是免费赠阅的，读来犹如看到他那装×的发型。

那是本诗歌集，书名叫《我的诗歌》。文人出书以诗集居多，文字寥寥无几，空白页一大堆，还用宋体一号字深深印下他的名字，生怕别人呢不知道这是他的诗歌。

翻开第一页便是首抒情的：

啊！我的女郎！

啊！啊！

> 我年轻的女郎！
>
> 啊！啊！啊！
>
> 我年轻又青年的女郎！
>
> 你为什么要拒绝我——
>
> 我那厚厚的情谊

读到这里韵味已大变，后面无非均是"为什么我的诗歌不显老""为什么我的诗歌写得好""为什么我的诗歌常发表"之类空洞无味之辞。当然在一定程度上王飞还是很难理解文学理解诗歌的，只能大骂"废话废话"，如果作文都这么写肯定零分。

眼看王飞成绩越来越下降，分数越考越少，老飞他妈急得生一场大病，最后郁郁而终。年幼的王飞还不懂什么是丧母之痛，在流下几滴泪后和奶奶相依为命。同时，这一刻考试，他的命运和人生也发生了翻天覆地的变化，无论是挫折的道路还是伤怀的内心，都足够影响他的一生。

很多人以为我和这孩子应该是在打架中相遇的，因为自古有不打不相识的说话。可并不是，我和王飞邂逅得十分偶像剧。

当时我本来是居住在另外一个城市，因为父母回乡投资办厂便一起跟了回去。正好外面谣传山花小学办学质量极高，成果喜人。父亲深信不疑，我就去了那里念六年级。初到时第一感觉还是厕所太气派，尿尿都不怎么放心，时刻担心有人看到如此壮观建筑物一不留神当景观闯入。男的走进来倒也算了，万一女人进来影响可不好，某子云"男女授受不亲"什么的。进来的是美女也罢，但每次都是一些老妇女望着厕所哇哇不停。

使这种情况有所改观的是学校筹资又造了一座图书馆——即使只有几间教室几把椅子几个呆子仅此而已，可这里的味道比厕所的要好闻得多，不然哪有"书香书香"的道理。未避免有太多嘘嘘时间，我一头扎进书堆。

图书馆的书籍不少，武侠言情外国文学各色各类的都有，大多为盗版。每每在下课时常看到一群情窦初开的少年到这里来寻找自己心目中的好书。这里的书实在太多，同学们只能从标题或者封面下手，凡带有"黄色""色情"等敏感字样的一律拿下。找了很久仍然没有收获，经过很多男性同胞的商讨，便将两个字缩小到一个字的范围。你很难想象一个小学四五年级的小屁孩捧着本比他自己某处还厚的《黄种人》或《情深深雨蒙蒙》躲在角落一目十行，寻找黄色描写细节。那时对黄色有几个等级，牵手视为小黄，拥抱视为黄黄，亲嘴视为大黄……后面的至少在当年淳朴的环境中，一般孩子还是很难理解。

一天，我在图书交流发现一本没带"黄"的黄书——《水浒传》，我正伸手抓下来，可对面也同时有一股力控制着。大概就这么一本，两人各自站在书架两边抓住书的一角持久不放，几分钟后才异口同声地说："嗨，同学，好巧。"然后又异口同声："你先看吧。"再两人不好意思地回回头说，"那就一起看吧。"

一次打架中我知道原来寻找《水浒传》的另一半是王飞。于是乎我们浪漫地偶遇了。

这是缘分，缘分是上天安排的。

记忆拉到现实，回去的时候已经很晚了，月亮悄悄地挂上枝头。

刚刚来到这个陌生的地方仍不习惯，我洗完澡后独自在校园四处散步。然而今天的夜晚大家都不习惯，在周长四百米的操场上可以看到一群男生上身裸露地狂奔三千米，旁边草地有一群女生坐着对这些肌肉男指指点点，偶尔还发出会心的微笑。男生们听到笑声仿佛被赐予了无限动力，更加疯狂起来；虽然不是比赛，但好像谁跑得第一谁就是女生心中的白马王子。

其实男生的想法是错误的，再怎么跑也跑不过刘翔在人家心中的地位。更可恨的是她们笑的是旁边打太极的老人。我又想起了小琳，如果抛下暴力不讲，她还是挺漂亮的……

"小色狼，你在这里干嘛？"

我随着声音的发源地扭头望去：小琳刚刚洗完澡，穿着一条花边小裙子，全身上下漂浮着沁人心脾的芳香和女人味。衣服微沾些水滴贴在洁白的肌肤上，细小的长腿下面踩着一双用针线缝成的蝴蝶型脱鞋，嫩白的脸蛋在模糊的月光下如出水美莲。

再看一秒，这里仿佛成了天境，而前面的就是仙女。

再看一秒……

不，不能再看了。小琳骂道："看什么看，没看过美女啊。"还真是江山易改本性难移，我不知所措地低头，她到底想干嘛？

小琳说："我叫路琳，其实我并不是你今天上午看到的那么暴力的女孩呀，我是很温柔的，你看。"说着害羞地摆摆裙边。

我说："是是，如果永远这样就美好了。"她说："陪我散散步，好吗？"

这是个很有难度的问题，毕竟人家是我喜欢的单纯小美女，像小优，顶多是欣赏养眼的。但是现在也仅仅是需要养眼，未来太茫然了。我正犹豫，她突然抓起我的手拖着就走。

我的心猛地一跳，脸一下子涨得通红，脚步不定地跟在她后面。自懂事以来我开始第一次和女生有如此亲密接触，我达到了"小黄"级别。懂事以前就不必说了……

她又握紧了些，好像怕我从中逃脱。

路琳说："这可是我第一次牵男生的手，你觉得我怎么样？"

我还没缓过神，吞吞吐吐地说："你——你是——你——"

路琳说："我不是一个随便的人。"

我心里说，你随便起来不是人；嘴里微笑道："嗯嗯，我喜欢随便的人，随便多好，牵牵手，拥拥抱，那那个……"

路琳问："哪个？"

我不好意思，怕她大胆到非礼。不过，不过面对如此美女，这么好的月色，被她强暴也值得。我望着她两片红润的嘴唇，心跳加速，闭上眼凑上去说："让我——。"

当然，我也觉得发展太快了，但在女人面前男生是没有理智的。可我还没说完她反手就是一巴掌，打得我加速的心顿时凉了。

她说："抱歉抱歉，我以为你要亲我，我最怕这个了。"

我捂住脸说："没有没有，我怎么可能是如此色的人。我只是看你脸上有只蚊子。"

路琳低头用手背贴在脸上说:"真的吗?"

我看到她上衣露出的一点肌肤,已经忘掉脸上疼苦,尽可能地控制着自己的激动以免发生行动。我想,真是男人本色啊,男人本来就色。

这时候月光像银火一样倾斜下来,不知觉地披在人们身上,周围一片微光闪闪。旁边一个同学手机里播放着周杰伦的《东风破》,轻风过处,吹得枫叶摇摇下坠,几乎要飘落。

我安静地听着曲调。

忽然路琳拉着我说:"走,换个地方,我不喜欢周杰伦。"

我问:"那你喜欢谁?"

路琳说:"张学友。"我问:"张学友是谁。"她说:"一个男人。"我想还是算了,都有喜欢的男人了还这么靠近我,肯定是打算怀了我的孩子再闹着分家产贪钱什么的。

我不假思索地说:"黄了。"

果然一片枯死的枫叶被吹落下来,和谐的气氛被打破。它很优雅地降落到路琳头上,然后被风一吹,如颤抖的老人般从她眼前飞过。

路琳问:"为什么黄了?"

我说:"没什么,天色不早了,该——"然后打住,是天色不晚了,还是天色不早了?路琳说:"嗯嗯,不早了,我们一起去睡觉吧。"

我吓一跳,忙说:"不用不用,我自己睡。"她说:"你不怕吗,特别是教学楼的走廊,挂那么多死人,一个个眼睁睁地盯着你。"

我说:"不怕不怕,看见什么我都不怕不怕啦。"路琳说:"你不怕我怕。"我说："不行，男生授受不亲，要睡也不能在学校吧，得出去开房啊。"路琳不等我说完又过来一巴掌，打得我晕头转向。

路琳说："谁要和你一起睡觉。"我低头不敢再说什么，她说："我是讲一起走，然后回到各自的床上睡觉。"

我明白了，说："哦。"然后回到宿舍。寝室灯火通明，有意地映照着对面女生宿舍的一举一动。王飞抑郁地坐在窗前，四处搜索着什么。同时我发现了另一个人的存在。

我问那个人："你在干嘛啊？"

他随意回答："观灯赏月，吟诗作对。"

我着实一惊，没想到这个地方藏龙卧虎，深藏高手；半夜三更还不忘从生活中取材，有如此境界。

我说："你吟诗一首哈。"

那人点点头，忽而仰头摊开双手，十只并拢地由上斜下，如抚平一层罗莎或银河，念到：床前明月光；又指地下草丛，疑似地上霜；——然后头仰起，双目表现出无限悲伤和冷情的月光邂逅，拉长无限忧愁：举头望明月——头摇摇摆摆后轻轻地下，放慢语气：低头思故乡。

我鼓掌道："好诗！好诗！"

他说："小小诗歌，献丑了。其实，文学也是真理。"

王飞终于忍不住了，说："这不是糖袋子里李白的《思夜》吗？"然后大家陷入沉默，解衣欲睡。

可只是解衣准备睡，都没有睡着。今晚的女生太过于兴奋，半夜号叫周杰伦的《千里之外》：我送你离开千里之外……

我松下呼吸说："十秒钟后歌声会停止。"

王飞问："why？"

我说："不信你数。"

他开始倒数："十，九，八，七，六——五，四，三，二，一。"歌声停止了，随之而来一声怒吼："睡觉。"

寝室的人为之振奋，先知啊先知。我摆摆手道，没什么。然后大家在几分钟内进入梦乡。

整整两个月的假期使同学们早就回到懒惰状态，次日清晨八点学校闹铃足足叫嚷了十几次大家却还是在床上，于是管理员大妈分别串门喊醒，前往礼堂参加开学典礼。

校长对这种情况很不满意，瞪着一个个走进礼堂的学生，两个眼瞪得比鸭蛋还大。突然有位领导也不高兴了，催道："我可以很负责的告诉你们，校长很生气，后果很严重。"

听到这话，同学们马上疯狂地跑起来，以最快速度冲在最前，像非洲难民抢食物一样引发了一场抢座位危机。本来那领导的一句马屁话能按捺住校长的生气，可危机发生他就怒火了。下面老师察言观色，迅速控制住情况，三分钟后一场浩大的运动被镇压下去。

我望着参差不齐的人群感叹，党和政府的力量就是大啊，哪里有反抗，哪里就有镇压；哪里有镇压，哪里就有反抗——当然镇压高于反抗。

校长模仿周杰伦拿麦克风的姿态说："今天是正式开学第一天，欢迎大家来到湖北省重点工程职业技术学院……"

校长念得激情澎湃，口水交融着汗水在空中飞溅，我忍不住抬头一看，原来是那天在红色火车遇到的"手掌"，实在是太巧了，我激动地看着他，他也偶尔激动地看着我。

对望了一上午，开学典礼终于结束，最后同学们念起本校的办学理念——一切为了学生，为了学生一切，为了一切学生。然后跳起来就走。我随着"潮流"跑，途径趴在桌子上睡觉的路琳，我说："放学了，走啊。"她半醒的样子，迷糊地问："走什么走。"我说："再不走卫生就是我们负责了。"

话落，路琳顿时清醒，某领导走过来："两位同学，没事就帮忙打扫下礼堂吧。"我们腿一软，望着"一切为了学生，为了学生一切，为了一切学生"几个大字发呆……

扫完地太阳出来，王飞终于好些了，屁股也好些了。

我很难想象他怎会对一女的如此在意，竟整整愧疚了一天一夜。更难想象的是这女的怎会如此小气，按照小时候的习惯，估计她能对王飞气上一周或更久。一周内不理王飞，不跟他说话，不让他一起看手机电视《喜羊羊与灰太狼》，不跟他一起去打开水。

而我竟成了两个不平衡点中间的平衡点，白天小优老是缠着我跟他说话，一起看《喜羊羊与灰太狼》，一起打开水。当我跟她说我不喜欢看《喜羊羊与灰太狼》喜欢看《哆啦A梦》时，她更硬拉着我要一起看一个狼永远抓不到羊的无聊之作。在我心里认为，一直抓不到羊乃无用之狼。没用的我就不喜欢看，不然也会让自己变得无用。但小优不这么认为，她的看点是灰太狼永远被红太狼打。自计划生育后，女权主义越来越严重，因为人生只能生一胎，舍子求女后，中国出女，必是精女。于是我反而更讨厌灰太狼，在外被羊欺负，在家被老婆欺负。读狼过程中一直欺负我的是趴在我背上的路琳。她既受到红太狼的影响，看到兴致的地方不仅觉得可笑还拿起书本充当平底锅朝我的脑袋猛地连续敲。如果真炼成了红太狼瞬间百发百发百中了再发的红狼绝技，我的脑袋能和脖子分家。她又受到懒羊羊的影响，尤其爱其发型，时时把我的头发揉成屎状，女生都说像蛋糕上面的奶油，我看就是一坨屎。屎就是屎，装成奶油还是屎。太拿自己当葱的人，往往特别善于装蒜。

比如王飞，在旁边一直装宠物狗狗，他目不转睛地盯着煞是羡人的我们，亏了他苦练多年的火眼金睛，能从后三排外看到这里情景，连灰太狼被打了几次平底锅一次共打了多少平底锅都能数清楚。

最后他总结道：算个鸟事，这厮煞是可恶。然后纠正道：这狼煞是可恶。不知道骂的是此狼还是彼狼。

气温变化无常，瞬间冷了下去的天因为太阳瞬间出现又热了上来，直晒得人们心里发慌，发热，发闷。仿佛天空中的白云，看似不白，其实洁白，白与不白，没人明白。白与不白之间，上课铃响白老师来了。

白老师是我们学校最年轻的老师，因为年轻，在学校其他均是六十高龄的古董中也成了最漂亮的老师。从里到外，人长得十分白，白得让人看不出是真白还是假白。

白老师全名叫白芸，"芸"是白云的"云"上面加个"草"。其父取此名是研究了其母怀胎的所有时间——九个月半。本来想叫白云，但怕哪个明星是这个名字，撞名跟撞衣一样都是不好的，索性在"云"上面草一下。不草则已，一草惊人，白芸不仅生得白，日后还真有一个叫"黑土白云"的艺人，大家都夸其父是先知，纷纷把村里孩子的名字让他取了。从此白家村多了白菜、白萝卜、白日梦……之类。

白老师教我们的英语，是我们这个学校唯一有生气的课。因为学校是一个搞矿公司投资的，又临近矿地，所以培养出来的学生以应该是为以后搞矿服务。开学第一天，你可以很简单地看到校园内某位"考矿专家"戴上眼睛再加上放大镜拿出小锄头到处敲啊敲。日后，考矿之人势必更多，学校势必也会被夷为平地。

学期第一节课是英语课。在主流教育，英语是最重要的，几乎要超过语文。但在我们非主流教育，英语最不重要，一周才一节。

这一节课大家都格外珍惜。

起先同学们没有吵，很安静。用小学作文的写法就是形象生动地说"教室里安静得针掉在地上都听得见"或"教室里安静得蚊子嗡嗡叫都听得见"。但我实践过，明显都听不见。我故意在静得针掉在地上都听得见的教室内把针掉在地上，不仅同学们没反映，连同桌也没有反映。下课这斯踩到疼的痛叫一声才知道地面有针。而蚊子更不必说了，晚上它时常会扒在人脚上。男生去拍别人会骂你神经病，女生去拍别人会骂你发骚，总之别人不会明白是打死蚊子。除非——除非大喊一句"有蚊子"，后面接上"用榄菊"。

白老师在静得蚊子声都听不见的教室里微笑说："固的阿夫突怒，斯曲吨的。"

这是句挺有难度的外星文。我以为这个世界就我自己鸟语学得最差了，没想到在这里我找回了自信——还有比我更差的。看来诸君水平都是略知一二，一二个单词。在众人一脸茫然的表情中王飞这只鸟赫然而起，鹤立鸡群，用鸟语说："固的阿夫突怒，踢球死。"

踢球怎会死？

这些在脑中原有些熟悉，只可惜学鸟语对人来说，遗忘和记忆成正比，学的越多忘的也就越多。

白老师满意地点点头，示意王飞这只鹤和我们这群鸡坐下，接着说："想必同学们在初中已经学过不少英语了，下面有谁能讲几个单词或句子？"

大家让人一脸茫然，那只鹤也变鸡了。教这个学校，也难为了白老师，她翻译了一遍，同学们恍然说：所噶所噶。

我脑中情绪万千，三千鸟语丝顿生，这次绝不能丢脸。可争宠好比争怂，任你再如何想也无法讲出一句标准的鸟语出来。抓破了头皮我终于灵光一现，拿出书本使劲地丢到讲台说："小心手雷。"

同学们也纷纷灵光闪现，继续道："爆头，A 点集合，烟雾弹……"可见腾讯公司打出"三亿鼠标的梦想"绝不是吹嘘，《穿越火线》的影响力已经从城市扩展到农村。

白老师捡起我丢的书，惊慌地说："有敌情。"

老师都如此配合了，同学们便彻底放下心中的顾虑，一齐拿起英语书砸去，教室里响起"爆头""爆头"的欢呼声。突然一声更大的欢呼声压住众人，王飞大叫道："爆头 S"。意思是连续砸中了两次，达到最高战绩。同学们表示不满，准备举起书却被白老师厉声喝下去。

"停止。"

　　我没怎么听懂，竟拿起三本书砸向目标，第一名的战绩被我抢走了。

　　白老师霎时一脸黑线用食指指着我说："Get out。"

　　我懂，是出去的意思，可还是好奇地问："Why？"

　　白老师说："滚出去滚出去。"

　　我仍只知道出去的意思。用英语请人就是方便，如果用中文讲述让你出去的理由，肯定少不了争论一番，比如为什么只让老子出去而他们不出去。但我基本上没懂，就站在教室外面听里面的郎朗鸟语。

　　忽然一片叶子从空中孤零零地飘过来，我想起昨天晚上，便在走廊来回轻轻地走，偶然间诗兴大发，作绝诗一首《再别白云》：

轻轻的我走了，

正如我轻轻的来；

我轻轻的招手，

作别教师的老师白。

那大树下的叶子，

是大树上的叶子；

大树里的叶子，

在我手里沉思。

石头上的老头，

油油的在向我招摇；
在无数的矿石里，
我甘心做一颗小草！

那树荫下的一潭，
不是清泉，是天上的小优；
揉碎在男人间，
沉淀着性感又感性的梦。

寻梦？讲一句发引的讧
向外面更外处走动，
满载肚子的怒火，
在鸟语里放歌。

但我不能放歌，
放歌就滚了；
夏虫也为我沉默，
沉默是今天的太阳！

悄悄的我走了，
正如我悄悄的来；
我挥一挥衣袖，
死不带走老师白。

太热了，我挥一挥手，再别了，老师白；再别了，小优。转身却撞见……

人生就是如此乱啊。

人们都说命运天注定，可为什么老天不安排他在我们拿着行李准备前往太阳系流浪警察冲进来时狭路相逢英勇现身，如果看到他我们或许不用坐牢，如果不用坐牢我们就不会发生如此天翻地覆的变化……

我感叹人生无常后连忙拉住他说："喂，别走。"

他先是一愣，挣脱开我的手问："干嘛？"

我说："我记得你，一年前我砍了你一刀，害得我们坐牢到现在，原来你没死啊，快跟我去警察局证明清白。"

他移动一下脚步，朝后退一退说："老子怎么可能会被人砍——你们才关一年呀？"

我发怒地抓着他衣领，他说："你砍的不是我，是我朋友。"我不信，往前走一步："不可能，虽然那天很黑，但我记得你发型。这么久了，你发型还是没变啊。"

他由上往下地摸自己的光头，说："废话，用了飘柔就是这么自信。如果说假话我就对不起这发型，你砍的真的不是我。再说好像不是你砍的。"

我说："好，你把胸给我看看，我记得当时咬了你那里一口。"他马上双手护住胸脯，大叫："非礼啊！"

我不顾阻拦，强行拉开他的背夹衣服，发现两只奶头完好无事，而且显得十分饱满，顿时泄了气。也许砍的真的不是他。

　　这刻，同学们一齐冲出来，特别是男生和干部或者曾经当过干部的干部，冲在最前面，准备英雄救美。

　　我尴尬地松开手，笑笑说："没什么，好丽友，好基友。"然后仔细端详那家伙的乳房，"真的不是你么？"

　　王飞走过来说："搞基不是你想搞，想搞就能搞。"

　　我说："一边去，在办正事呢。"

　　他推开我说："谁跟你基友，我性取向十分正常。就算被砍的是我，你坐都坐了，还证明什么？如何证明？你被判刑肯定是有理由，你要相信法律相信党。"

　　我和王飞一起噢了。

4 神秘刺杀

　　一年三个月以前，王飞还是个十分鲜活的生物，在学校横行霸道，霸道横行，路见不平——只要自己看见并且个人认为是不平的事情管它对不对都拔刀大打一架。除了跟壮壮哥哥在外面混得好，在里面更是闯下自己的一片天地。而我，是个微鲜活的生物，即使不公开地打架，但在背后也一直帮忙，有时候遇到大麻烦当和事佬，有时候暗中叫人帮忙，有时候直接解决小麻烦。总之，王飞是狼，我是狈。因为王飞一直是以高调的方式出现，所以在狼狈为奸中大家普遍认识狼而很少认得狈。于是王飞声名远播，校领导介于其种种英勇事迹把他送到专门为这种人准备的班级——三八班培养。此后王飞堕落到底，率领众"三八"成员整日游手好闲无所事事。

　　事已成定局，学校既有不管的想法，自然不会太多去约束，何况想约束也约束不成。而我身为好友，劝也不成，只能任其继续混。其中奠定他成为老大地位的是和金左菊花的一战。

　　金左菊花是个男的，中国人，他爸姓左，他妈姓金，都喜欢菊花，合力打造成金左菊花。

　　在这一战之前学校是和谐的，大家都十分识时务地小打架，见

猎梦少年

好就收。尽管各种小势力很多，比如姓金的跟着姓金的混，姓许的跟着姓许的混，姓左的跟着姓左的混，但这之间谁不会去招惹谁，各打各的架。突然有那么一天，金左菊花转校到三八班，父母都是干这行的，是混混中的佼佼者。上梁不正下梁歪，金左菊花子承父业，遗传了父母的基因，一并遗传了金家和左家的基因。王飞明显感到了威胁，决定刚开始就得给他个下马威瞧瞧。

由于基本上还是王飞势力大，所以甲方准备的还是很充分。兵器足够，忍受足够。王飞说："如果那小子态度好就放了他，如果敢反抗就给老子拖厕所打，往冒烟地打。"

事实并非如此，金左菊花第一天来学校他就是仰着头横着走的，王飞大所失望，更失望的是那些手下没有遵从命令拖到厕所往冒烟地打，反而弃明投暗，跟了菊花。

王飞大怒，找到我说："老子要暴那朵菊花，这厮煞是可恶，他算个鸟。"

我诧异道："什么爆菊花？"

王飞说："就是那新来的金左菊花。"

我更加诧异了，说："你为什么要爆她？"

王飞说："老子就是要爆，就是要爆，狠狠地爆，爆死他。"

我说："好好，爆。"

此时我还在重点班，为英语和一些作业头皮发麻，对外面的事情也不是很了解，糊里糊涂地让外面的混混用迷药先把他迷倒，再绑起来送到学校最角落的草坪上。

我打开麻袋一看，有些失望，这厮竟是男的。难道王飞同性恋的电影看多了还是性取向压根就有问题，怎么会对一个男的有兴趣？这不是重点，重点是居然对这么一个丑男有兴趣。我忙关上麻袋打电话给王飞："老飞，那菊花我给你抓来了，还下了迷药，你来爆吧。"

王飞诧异道："下迷药？爆菊花？"

我被他搞糊涂了，骂道："你不是要爆他么？"

王飞说："不是，我是说暴打他一顿，你误解了。"

我马上挂掉电话，把他暴打一顿，心里想着他醒来发现自己鼻青脸肿地躺在地上就好笑。然而第二天王飞就神经兮兮地找到我，问："你昨天是不是打了他一顿？"

我说："是啊，不是你说暴打一顿吗？"

王飞说："你干嘛下迷药打啊，还不打死。他现在怀疑是我干的，估计正在秘密策划报复老子的计划。"

我说："没事，我去叫人把他干掉。哦，壮哥最近去深圳了。"

王飞制止说："你知道他爹妈是谁吗？"

我靠近问："谁啊？"

王飞说："金梅花，左兰强。"

这名字太熟悉，如雷贯耳，我惊得张大嘴巴，加上我许竹壮哥不就是当年的梅竹兰菊四坨屎吗？原来这家伙有如此强硬后台。

我说："金梅花，左兰强不是在很远很远的地方混吗？"

王飞指着窗户："什么很远，就在那。"

我扭头望去，一朵像公狗的白云悠悠闲闲在追另一朵像母狗的白云。

我问："天堂？"

王飞说："没有，他们都在市里。"

我书："我去自首吧，说什么都是我干的，跟你没有任何关系。鼻子是我一拳头捶青的，脸是我打肿的，鸡鸡上的那一脚也是我踢的。"

王飞说："这些本来都是你干的。"

我抬起脚准备去自杀，王飞拦住说："不行，兄弟，是我连累了你，你帮了我这么久，这次我帮你。"

我正等他这句话，问道："怎么帮？"

王飞说："给我点时间，想一个可以暗杀他的万全之策。"

我嘴巴张的快合不上了："暗杀？不行，闹大了犯法的。"

王飞说："既然是暗杀肯定不会被人发现，何况我们这里什么法不法的，警察都没几个。放心吧。"

我问："那你有什么计划？"

王飞说："这不在想嘛。"

我说："初步构思呢？"

王飞说："有一个 A 计划。我打算在没人的地方一枪毙了他，再把尸体偷偷埋起来，这样别人就不知道了。"

我赞道："好办法！"

几周后王飞又找到我，时间不知觉地从手中飞速而过，九月已经完全走了，秋天近了。

是啊，秋天来了，叶子终于有几片从树上脱落下来，证明了风和凉意还是存在的。

王飞说："不行，之前的那个方案有问题。"

我问："什么问题？"

王飞说："没有枪。"

我"哦"地一声，这的确是个问题。

没有枪就不能直接毙了他了。王飞说："A 计划失败，我们得再想一个 B 计划。"

想着想着上课铃响。秋天来临期中考试也快了，我依依不舍地和王飞道别："B 计划想出来了一定要告诉我，我这边也想着，到时候两人凑合凑合。"

王飞不说话陷入沉思，窗外终于有另一片叶子不甘寂寞地落下来飘到桌子上。

秋天真的来了。

自从那次后我再也没有看到王飞，家里人都说他去很远很远的地方打工，因为他临走的时候拿很多钱。据说那些一元钱堆起来能有几块面包那么厚。我不认为他是去打工，可能避难去了，又可能是被金左菊花的 A 计划给暗杀了。

我胡思乱想着，冬天又在烦乱的学业中不知不觉杀到。雪花也理所当然地从上面飘下，所有的脑袋都急促地呼吸着空气，使玻璃窗上结了一层小水珠挡住了大家看雪的视线。教室里安静地播放着筷子兄弟的《老男孩》。

我在悲伤中想起王飞，也许古惑仔令很多人讨厌，但对兄弟的感情是众人所不能理解的。多么有情有义的汉子啊！

有时我又认为王飞没有被金左菊花暗杀，因为 A 计划只是大家心中的一个真是的想法——仅仅是想法，很难表现在行动上，理由是大家都没有枪。可见在现代社会，武器是多么重要。而且这应该是香港电影才出现的情景，不可能那么近地出现在我们身边。

不可能的，不可能，王飞不可能那么容易地就挂掉。我心里默念，决定开始调查王飞失踪之谜。

春节，我在全村各大街道和网上贴上了寻人启事，重金悬赏。十五天里，电话被打爆了，群众们纷纷带着一个个貌似王飞不是王飞的王飞来讨赏。老百姓见有钱可拿积极性都十分高，当时就掀起了一股寻找王飞热潮。可还是没有任何准确消息。

就在开学我准备把重金千元提高到万元的时候，那天晚上，王飞突然从万人的期待中回来了，还带着一个女人。

我怎么感觉这件事越来越像拍电影，王飞介绍道："这是南非古猿时刺杀女娲的勇士荆轲——"

女人打断说："是秦朝刺杀秦始皇。"王飞说："哦哦，是秦朝刺杀秦始皇的勇士荆轲的第三百……多少代来着？"

女人说："三百八十代。"

王飞接着说："对，第三百八十代传人，国际刺杀者协会首席策划兼顾问荆棘。她成功策划过多起侧傻美国总统和国际名人事件，比如有……有哪些？"

女人身着标准的日本忍者服装，只看得见两边脸。她说："比如有布什，尼克松，林肯等等。"

我暗暗吃惊，果然世界之大无奇不有。她恭敬地走过来伸出左手："想必这位就是飞先生常说的第一武士吧。"

什么第一武士？我正纳闷地伸出右手，王飞抢着回答说："是是，他就是第一武士，我是第一名誉武士。"

女人微笑地点点头，我问："为什么要用左手握手？"

女人说："右手是用来杀敌的。"

果然很有敬业精神，我连忙点头称是。

女人说："飞先生讲你们正在进行一个刺杀计划，是吗？"

我说："不是，什么刺杀计划，是暗杀。"

女人说："暗杀是刺杀中的一种。听飞先生讲是刺杀当地的恐怖分子金左菊花女士，是吗？"

王飞插嘴说："是男士。"

女人说："哦，咋听着像女的。我这里有一份十分详细的计划，不知当讲不当讲？"

我看着天空跳跃的小星星说："当讲。"

女人形象地描述起来："前段时间我接到协会主席的刺杀某省省长任务来到这个地方，与飞先生偶然相遇，相见恨晚，畅谈数月之久。见飞先生为人正直豪爽，是难得一见的好人，便决定帮飞先生这个忙。"女人随即拿出一张国际地图，从中国指到美国，"我对你们的刺杀行动十分同情和感兴趣，我可以助你们两臂之力。你们看，这里是我们总部，在美国。一般这种违法不实际的组织总部都是在美国。我首先从我们这里回到美国纽约，可以选择火车，船和飞机三种交通方式。火车上有硬座和软卧，飞机和船有几等仓，这费用稍后再计算。到美国之后坐几路公交车或地铁前往总部大楼，再乘电梯与主席会面商讨此事。主席的谈话费用三千美金一小时，大概需要深入探讨三个小时。主席命令虎豹队——就是集合了飞虎队和雪豹队所有战斗力的全宇宙最优秀反恐武装来到这里。其中也有火车、船和飞机三种交通方式。但——由于刺杀大队任务十分重要，我可以坐低等的但他们必须统一坐飞机，大概需要二十架 B2 幽灵隐形轰炸机。回到这里后经本首席策划的经验，大概需要三个月的时间安排，比如安顿虎豹队队员，购买原子弹氢弹等核武器，还需要请来一批专家研究出中子弹甚至更具威力的弹弹。这时候计划开始了，一弹下去，菊花必爆！"

我和王飞听得目瞪口呆，缓过神叫道："好！好！"

女人拿出笔记本和笔："那就这么决定了，当然这是初步计划，实施的时候可能没有这么麻烦。那么，我开始算算费用了。从这里到武汉机场，再从机场坐飞机到纽约……"

我打断说："看来是一笔大数字，太麻烦你们了实在不好意思啊，我觉得坐船便宜，又实惠又适合老百姓。"

女人还在算，低头说："费用是由你们承担的。"

天上的星星顿时消失了。

我说："这个——你们直接打电话让他们过来不就得了么？"

女人停止了计算，拿着笔顶住下吧恍然大悟："是啊，但——"

王飞问："但什么？"

女人说："但国际长途比较贵，而且几个小时也说不清楚，万一查到风险还挺大。"

王飞说："是啊，是啊。"

女人又开始拿笔计算，这么一大笔钱算一天也算不完。我被王飞和女人的不到黄河心不死的态度折服了。都说人以类聚物以群分，难怪他们能在这么短的时间内凑在一块。

这算刺杀计划吗？分明是不可能实现的去炸掉地球嘛。可能王飞拿去的那叠钱就是孝敬这骗子了，我偷偷把他叫到外面，说："这计划不可能实现。"

王飞笑道："我知道啊，你真把当我傻子啊。"

我郁闷了，问："你知道还请她来？你知道什么是原子弹和氢弹么？"

王飞说："不知道。"

我说："原子弹和氢弹——就是一种弹，一种能毁灭一座城市的弹弹。你是一个搞科学研究最后研究成疯子的人了，为科学献身啊！"

王飞猥琐地笑道："其实这几个月我主要是出去避避难，再想想办法，终于想出一个 B 计划。"

我彻底被他这不达目的死不罢休的精神折服了，也许人家早忘记那事了，就你还想着怎么去杀人家。

我把耳朵凑近，王飞说："B 计划是这样的：首先我们把金左菊花约出来，就在你上次暴他的那个角落里。跟他出来的肯定还有一群人，他们肯定以为来者不善马上准备动手。我就给你打电话，开始免提说：'小子，又在和登登大哥运炸弹啊。'你就说：'是啊，要刺杀巴马了，他要很多炸弹。'我就说：'我这里找来一个叫爱因斯坦的科学家，过两天送给你。'我再给荆棘打电话，说：'爱教授，我找到一群可以给你实验炸弹的人，您现在就过来吧。'荆棘说：'别挂电话，我马上到。'她很奇怪地出现在现场，这样首先在气势上压倒别人。坏人再怎么坏也坏不过科技，我们要相信科学的力量。荆棘来之后金左菊花肯定会被震慑到，然后走过来求我饶命，我就马上拿出事先准备好的水果刀制住他，要挟剩下的小喽罗不要轻举妄动。金左菊花说，兄弟们不要激动，要救我。这帮墙头草肯定也会再次弃暗投明，这时候你出现解决他们。我一刀捅了金左菊花，最后把他们的尸体全部埋掉。"

我马上产生了很多疑问，首先不赞成把他们全部杀死，再说我怎么解决？死这么多人会惊动 CCTV 再惊动党中央的，其次是那爱因斯坦是怎么回事？

王飞说："你不觉得荆棘长得巨像爱因斯坦吗？"

我说："我觉得她像狗日的。"

然后王飞就把荆棘外面的便服脱掉，果然是一头凌乱的头发和爱爱的脸。

事就这么定了，王飞马上回家准备一番，三天后按计划实行。可计划永远赶不上变化，王飞的字迹太差，金左菊花把他名字看成了打飞机，一个人奔赴刑场。而王飞掏出手机拨打电话时显示的是对方已停机。我很不好意思地忽视了这个客观因素，不过平衡的是那女人电话也停机了。于是王飞单枪匹马地和金左菊花大打一架；于是王飞赢了；于是金左菊花去市里叫人来帮忙；于是发生了后来砍人事件，最后我和王飞双双进了监狱。

我想起那些曲折而又离奇的往事不禁泪满裳，走廊已经空无一人。虽然那不是改变我们的主观原因，但它时刻在客观上影响着我们。

从出狱起，我们不再是两个小混混，而是热爱生活热爱生命热爱祖国的有志青年，目标是从行动上把有志青年转换成有为青年。

炎炎烈日下，我做了十个俯卧撑后回到寝室。还未入门里面就飘来了熟悉又陌生的旋律。熟悉在于我的确知道这是歌曲，陌生在于我的确不知道这是一首怎样的歌曲。歌词大致如下：

如果你的心看不到未来
那么你的未来就由我来安排
既然你已是我最心动的意外
现实的剧情就让它比童话更精彩

虽然他们说我是枚毒药
我却还是想拼命给你最幸福的味道
哪怕为你失去所有伪装在劫难逃
也要让你明白我的肩膀真的可以依靠

你若太害怕闭上眼就好
流言也动听大雪随它飘
既然这份爱注定排山倒海
就不怕孤单失败

虽然他们说我是枚毒药

你以毒攻毒温柔却已是最好的解药

哪怕武装从此被你卸掉我也微笑

这出戏太美好就连天使都不方便打扰

你若太害怕闭上眼就好

流言也动听大雪随它飘

既然这份爱注定排山倒海

勇敢跟我走就不怕孤单失败

你是一枚毒药这一生最大的宝

随着旋律我手舞足蹈地走进去，只见播放此歌的人相貌不凡，极似老外，莫非这就是昨晚吟诗作对的仁兄？我感叹学校生源是广到不行了，便肃然起敬，挪动身体艰难地说："你好，朋友，你的名字是？"还好刚刚英语课偷听到这句。

他说："丫的，你讲的什么鸟语？"

不是老外，我有些意外："哦哦，没什么没什么。朋友，你是昨天晚上搬来的么？"

他换了一首歌曲，是同一个人唱的。

歌声里我不安地重复："朋友，你是昨天晚上搬来的么？"

他说："是啊是啊，我刚刚在思考人生没听到，不好意思啊！我叫姜思，你呢？"

僵尸？这名字够慑人。我说："没关系，我叫救世主。"

僵尸说："哦，救世主——我喜欢边听歌边思考人生。因为我觉得生活和与文化艺术有莫大的联系。有句话怎么说来着，来于生活——"

我接道："源于生活，高于生活。"

僵尸说："对，是源于生活，高于生活。小子你离真理不远了哈，是难得的可造之才。这是一般人难以发现的，那么你发现了么？"

我说："没有，你发现了么？"

僵尸说："没。"

然后我们都陷入沉思。

当我正思考如何将有志青年变成有为青年时，那家伙突然瞪着我说："丫的，你骂谁僵尸呢？"

我诧异道："不是你自己说叫僵尸的么？"

他说："不是这个僵尸，是那个姜思。姜思的姜，姜思的思。"

我埋头理清了一会儿，得出结论说："不都是僵尸嘛？"他眼睛越瞪越大，珠子似乎要爆出来。我感觉不对劲，拿出纸笔说："你还是在这里写出来吧。"

他写下签名，我看着大悟："哦，原来是这个姜思。"他说："你刚说你叫啥来着？"

我说："柳世主，柳世主的柳，柳世主的世，柳世主的主。"

他说："好名字，充满了与人生的勾结，好。"然后又独自陷入沉思。

第一次跟这么个家伙在一起，我感觉十分不适应。艺术没看出什么，倒是觉得人生断断续续的，放佛死了又活，活了又死，总之是死了又死，活了又活。再说，自从知事以来我就和艺术绝缘了。

这东西太抽象，小时候尚有天赋是因为自己也抽象，后来渐渐了解很多现实，知道了具体，觉得艺术和人生是有很大不同。艺术是美好的，不可能实现的，而现实是丑陋的，每天发生在身边的。即使每个人都期望美好，也因这个才会有这么多人追求艺术直到为艺术献身，但现实毕竟是现实，不能意淫着去改变。

　　简而言之，这就是我的人生。夕阳渐渐从地球上消失，几分钟后，那家伙又换了一首歌，很动听的旋律，清新自然又带感伤，我喜欢这调调。

那片笑声让我想起我的那些花儿

在我生命每个角落静静为我开着

我曾以为我会永远守在她身旁

今天我们已经离去在人海茫茫

她们都老了吧她们在哪里呀

幸运的是我曾陪她们开放

啦啦啦啦啦啦啦啦啦啦啦，想她

啦啦啦啦啦啦啦啦

她还在开吗

啦啦啦啦啦啦啦啦啦啦，去呀

她们已经被风吹走散落在天涯

有些故事还没讲完那就算了吧

那些心情在岁月中已经难辨真假

如今这里荒草丛生没有了鲜花

好在曾经拥有你们的春秋和冬夏

啦啦啦啦啦啦啦啦啦啦 ，yiya

你们就像被风吹走插在了天涯

她们都老了吧她们还在开吗

我们就这样各自奔天涯

听完我很想知道这是谁唱的，叫什么名字，但不敢打扰他思考人生，只是深情地等着他再次清醒的一刻。过了很久我终于忍不住了，在他脸上贴着"醒了叫我"四个字然后上床倒下睡觉。

很快我进入梦乡，看到众生最想看到的场景——我结婚了。不过婚礼现场很奇怪，下面坐着的是一些猪狗不如的人，长得奇怪，大吃大喝。当酒气散满时另一只牛头马面把新娘带过来。我上身穿的是西服，下身穿的也是西服，新娘穿的是古代中国出嫁的红妆，戴着盖头。我正要去掀红盖头，下面猪狗不如的人马上热闹起来，各种动物的声音震天响，吵得我不得安宁，急忙拉开红布，她竟是——是——是小优！我一时不知所措，下面的人更加骚动了，有人甚至直接上来使劲地摇着我在耳边说些什么，越摇越厉害，我终于睁开了眼睛。

这时我才发现是王飞在使劲地摇啊摇，而姜思正在播放一首百兽齐鸣的歌。

他们破坏了我的美梦。

王飞说："妈呀，咋睡那么死。"

我说："刚做梦来着，怎么了？怎么了怎么了？"

王飞迅速跳到自己床上——宿舍总共四张床，一边两张，下面是桌子和柜子，都是上铺，我和王飞面对面——再跳到我床上，身手十分利索。他拿出一张相片，我心里震惊道，又是小优！

我安慰说："没事的，就一巴掌而已，女人都比较小气，过段时间就好了，不用太在意。"

王飞还是没说话，我怀疑他丧失了语言功能。

我说："真的，就一巴掌而已，我以前不知道被多少女人扇多少巴掌了，气一消就好，同学嘛，你说是吗？"

王飞还是没反应，我转向姜思："这是什么歌？"

他回答："百兽齐鸣。"

我骂道："丫的，啥歌都有，关掉。"

噪声马上消失了，我双手夹住王飞的肩膀："兄弟，咋啦？"他终于有些反应，反应到神情忽然专注，慢慢咽下一口唾沫，一本正经地说："我给小优写了一封信。"

我马上变成跟他之前那样，神情恍惚，目光呆滞。难得他表述不带脏字语法正确意图明确的中国话，而且是在离开我的正确领导不到两分钟的情况下，狠下毒手，辣手摧花。

我说："这次来真的假的？"

王飞说："这次是真的。"

我有些紧张，一时间不知如何是好。怎么回事？我怎么会对一女的如此在意，她仅仅是长得好看而已，而已。

我说："你丫哪次不是真的，还不是吹了那么多次。"

王飞说："这次是真的。之前都是为了面子，一般黑道老大身边都是要有女人的，那些看一眼就不见了。"

我说："哦。"

王飞说："这次是真的。"

我说："管你蒸的煮的，跟我说干嘛？"

王飞说："你丫那么激动干嘛，这不是看你俩关系挺好的嘛。信写了没送出去。"

我看这事还有挽回的余地，赶紧行动。

我劝说："老飞啊，现在还不是你谈恋爱的年龄；初恋无限好，只是挂得早。"

王飞说："春光从不老，恋爱多美好。"

我决定拿名人来压他，"某子说早开的花早凋。"

王飞说："德歌也说哪个少男不多情，哪个少女不怀春。"

我说："兔子不吃窝边草。"

王飞说："女人用时方恨少。"

我说："你还没发育呢，还没到青春呢，还不到谈恋爱的阶段呢。真的。"

王飞说："不知道，杂志上都说我青春了。"

我一惊："杂志？"

王飞拿出一本《唏嘘》杂志后面的广告页，标题是"警惕！青春杀手来袭。"然后跟我分析：记忆力思维力什么什么力的下降是必然的。夜晚打闹浮想翩翩是我看到小优后产生的。我常梦到她。性冲动频繁、极易性幻想，形成不良性过度手淫难以克服——

我急道："这个你都有？"

王飞脸立即通红，说："部分有，部分没有。"

该死的你还性冲动，我操。事已至此，我沉默了。随后，整个寝室陷入沉默。

今晚的月亮很不完美，从缺一边开始到缺得只剩下一条弯弯的线，仿佛心被人割了般。星星也没有几颗，弱弱的光洒在莫名其妙的女生宿舍上，照得周围一片空寂。

我的心也跟着空寂了。

我想，原来我是个很有抱负的有志青年，来这里是想学点技能好长大了报效社会。在学技能的同时得先交往交往，反正迟早都要谈恋爱，还不如早点就把这事落实了，把以后用来谈恋爱的时间去建设祖国。可王飞居然先下手为强，完全搅乱了我的计划。

我控制住悲伤的情绪，说："老飞，其实我也——"

突然姜思的《百兽齐鸣》再次响起，打破了安静的气氛。我斜着眼睛望着他，怎么老在关键时刻搞破坏。他马上掏出手机："不好意思不好意思，电话来了。"王飞也在慌乱中苏醒，一板一眼地说："我觉得她像我那死去的母亲，又像那放飞千纸鹤的女孩。"

怎么男人都喜欢拿自己爹妈开玩笑，我耐住性子听完他的曲折而又离奇的故事：我是一名 90 后，出生在农村，当夜晚来风急，梧桐叶落，雁过伤心，没有像那些伟人一样身浮龙影再天炸惊雷，鬼神俱泣。大概是接下来的几秒钟时间，在外挖井的父亲从梯子摔下来。于是以后家里的担子全部挑在母亲身上。亲人叹道："孽子啊！"即为孽，必为祸根。直到两岁了还不会正常走路和流利说话，而且又瘦又矮，长两岁的姐姐见我白白浪费了父母养育的辛苦，决定背着我到田地里好好见识农民伯伯干活的劳累。很幸运，走到一座桥时我掉了下来，还摔断了右腿。家里穷，没钱治病，母亲急得四处借钱；三年下来，钱没借到病竟不医而愈，但走路时很有个性，两只脚成不规则的八字形，伙伴们尊为"八爷"……

王飞终于说完后，我连忙接话。我说："我知道我知道，知道"

我长长嘘一口气，这些真差不多都知道。姜思接完电话进来了，我问："你最先放的那首歌是什么？"

姜思回答："胡歌的《毒药》。"

我说："好好，毒药，就是要毒药。放，单曲循环。"我把头埋进被子被毒药毒一晚上。

自从王飞发表他那一段惊天地泣鬼神的肺腑之言后，我开始密切关注他的一切。

已经是开学第二周了，白芸老师因为非主流教育中英语课程最少的缘故成功担任我们的班主任。因为只有这样才有更多的时间管我们，才能每节课来点一次名，来数多少个"到"。她没有太多班主任经验，第一步把座位固定下来。全班仅有的八名女生被安排在第一组，路琳和小优是最后两个；王飞在第四组第一排，我紧随其后。

每当老师对着教室大声喊："同学们请看大屏幕"时，王飞就很轻轻地低下头，再转过头，斜着眼睛以 35 度角往后看。他的目光绕过层层同学，温柔地落在小优身上。而我的目光也随着他的目光绕过层层同学，因为角度问题温柔地落在她前方的路琳身上。从王飞的眼神看出，小优一定是在低头自个儿在下面不知干些什么，不然王飞的脖子一定要断掉。他要随着小优低头抬头的姿势坐一系列的重要动作——低头，转头，斜视，翻白眼，再反向闭眼，转头，正视，免得被小优发现。我的目光落在路琳身上时，她则正好抬头斜视的目光与我的目光相撞。她以为我总是在看她，脸马上像被王飞扇了几巴掌地一样红，然后不好意思地低下头。我收回目光，片刻又沿着王飞的目光望去，正好路琳也抬头，两人再次相遇。如此循环，王飞犯了脖子疼，我犯了严重脖子疼。

我不明白路琳这么一个暴女烈女怎么会脸红，又惊讶上天安排得到位。时间无聊地过去一周，我和王飞一起到骨科看病。

我歪着脖子问："有什么进展了？"

王飞正在努力地想些什么，我声音加大地重复一篇，他吓一跳，脖子居然好了。

王飞说："什么有什么进展？"

我说："你和小优的事。"

王飞说："还能有什么进展，信都没送出去。你看，这不脖子都弄成这样了。偷鸡不成蚀把米，赔了夫人又折兵啊。"

他扭动着脖子，居然正了，不疼了。我怀疑这家伙的神经是不是已变质，大脑传递信息如此之慢。

我说："那你打算怎么办？"

王飞说："不知道，以前都是霸王硬上弓，对她总不可能这样吧。我们已经从良了。"

这时医生走了进来，是个女的，戴着面罩。从头发、香味、眼睛到睫毛看应该是个漂亮的护士。

护士首先走向王飞，说："来，把脖子转转。"

王飞说："不疼。"

护士有些激动，使劲地拽着王飞，说："奇怪，刚刚不是还疼么？怎么不疼了？来，转个圈圈看看。"

王飞问："什么转个圈圈？"

护士说："把头转个圈圈。"

王飞一听就急了，马上逃开，吞吞吐吐地说："头——转——转——圈圈？"

护士说："转圈才能看出你的脖子存在的病根。"

王飞说："我已经好了。不信你看。"说着左扭扭，右扭扭，脖子扭扭，屁股扭扭。

护士还是不相信："不行，还得转圈。"

王飞更急了，我说："小姐，你自己转个圈圈试试。"

护士说："我脖子好好的转什么圈，该死的一个个神经病。"我很快改变了对世界上许多事情的看法，外面美好的其实并不美好，实质美好的外表不一定美好。这让我联想到小优，于是顿悟："老飞，你看，她是不是有男朋友了？或者有很多男朋友了。像她这样漂亮的女人是正常的，出去卖多少次也是正常。不然她每天个低头干什么？"

王飞说："你思想能不能不要这么邪恶。"

他没能像我一样顿悟，我不语，另一名医生走过来，是个男的。

我忍不住好奇问："刚刚那名护士呢？"

男医生说："她最近失恋心情不好，扭脖子自杀了。"

我心一惊，吓得脖子又疼得严重些。男医生走近把手放在我的脖子上摸了摸，说："右边扭了，没什么大碍，你今晚回去睡觉的时候侧着，往左掉着头就好了。"

我半信半疑地回答："哦哦。"王飞怕又让他转圈已经逃到了门口，我谢过医生便急忙回宿舍。由于我的床只能往右掉着头就和王飞换着睡。

当我把头伸出掉着时看到三个莫名其妙的场景。第一个场景是女生宿舍的内裤越挂越多，犹如一道风景线。夕阳下，一条条内裤随风起舞，我放佛看到小优那骚动的身姿。难怪男生走出寝室时总是以45度角仰望对面三秒钟。无论如何，我知道自己还是喜欢小优的，越骚越喜欢。甚至一直都有一个跟王飞一样变态的想法，她就是我那失散多年的小薇。第二个场景是王飞床位旁边新来一个大胖子，胖到无法用胖形容，无法用千克等微小单位来表示体重。当然这是个人所感，因为他那两瓣肥硕的大屁股正沿着直线对准我掉着的头。第三个场景是姜思没有在沉思，而且在和王飞积极探讨什么问题。大概内容是：阿飞啊，恋爱是美好的，女人是美好的，世界是美好的。如果换一个更高尚的角度看，恋爱是十分美好的，女人是十分美好的，世界是十分，美好的。

总之一切是美好的。可以看出这是他沉思沉睡十年得出的结论。

王飞深信不疑，提高音调说："我要恋爱。哦，爱？爱。爱！

爱不完……"

"爱?"胖子忽然从床上翻起,激动地跳到王飞——是我的床上。明显地,全寝室的床都猛烈地震动了一下。

胖子说:"你要恋爱?莫非你还没恋爱?都这么大人了怎能不恋爱?必须恋爱!"

女人是人类永恒的话题。男人谈女人是必用女人,女人谈女人是出于嫉妒,比如嫉妒漂亮,化妆品,包包服装等等。

他们三个男人凑到一起谈女人。

王飞说:"兄台高见,不知能否指教一二?"

胖子说:"嗯,当然,鄙人就是风靡万千少女,改进社会风气,刺激电影市场,提高青少年人内涵,玉树临风,风度翩翩的恋爱专家。"

我"噗哧"笑了,王飞为爱烧坏了脑子,忙说:"是,是是。"

胖子情圣忽而低下头,掩面装哭:"唉,其实恋爱是伤人的。哦哦,被伤过的心还可以爱谁,没人心疼的滋味。"这种表情夸张到仿佛是被无数女人抛弃或无数女人被他这样的男人轮奸后痛不欲生的样子。

姜思说:"非也,恋爱是美好的。"

胖子情圣说:"你怎么知道恋爱是美好的?你有恋爱过么?没有就没有发言权。"

姜思说:"没——没有。"胖子说:"那就先听我讲一段惊天地泣鬼神说风风也伤心说雨雨也泪流前无古人后无来者凄美断无数人肠的爱情故事。"

我斜着头断断续续大约听了两个小时,故事大致是这样:胖子在小学六年级时开始喜欢一个叫蒙蒙的同班女生。此时的胖子还不是非常胖，只是相当的胖，他妈说是婴儿肥。胖子和小蒙相遇在一个风雪交加异常黑暗孤男寡女的夜晚。

　　"我们都是农村人。记得当时，我伴随着生理和心理的同时发育，正遇跟青蛙叫春一样的年段，冬季还未走去，天空飘着小雪。学校接到教育局通知要参加一个朗诵比赛，老师选了几个，其中就有我。那是个月黑风高的夜晚，不是，貌似没有月亮；外面下了场大雪，而且还有小小的冰点掉下来，我全副武装，穿好雨鞋、雨衣、帽子准备出校门，却发现一女生没有任何装备地在外面狂奔。校门离地面十几米，约有 40 度的坡度，路上堆满白色的雪花；接下来很自然地发生了某女滑倒和英雄救美事件，离谱的是我突然爱心泛滥说要送她回家，更离谱的她直接跳到我背上。我感觉我背的是座山，而这座山就是小蒙。

　　我们一见钟情，我爱着她，她爱着我，陷入爱河无法自拔。可就在两周后大地震爆发摧毁了我们一半的学校，一半人搬到旁边的一个学校，其中有小蒙。从此我们过上了生死离别的痛苦生活。我明白了世界上最遥远的距离不是生与死，而是大地震之后她在那里我在这里。于是我们开始写信，每个周六见一次面。我帮她做作业，冬天给她买烧烤，夏天给她买冰棍，有次大于天送作业还大病一场。最让我感动的是我还给我写了一首诗，说我是她生命中不可缺少的一部分，说如果她做错了什么只有一首歌能代表她的心情——《原谅我一次》。

　　我看完哭的屁滚尿流泣不成声，但三天后她就在我生命中消失，和另一个男人在一起了。我听着《原谅我一次》想原谅她一次，自我安慰说也许她爱的不是我，她爱的是爱情，至少都是爱。一个月后，她又和另一个男人好上了，我彻底明白了，操她娘的，什么爱不爱，明显是玩老子。

从此我大吃大喝，拥有了现在的模样。啊，我心爱的人啊，我的小蒙！"

故事讲完已经是深夜，我看着黑色天空梳理故事，简单的讲就是一对狗男女相遇并相恋了，过上了幸福的生活，又失恋了，过上悲伤的生活——不对，是男方独自过上悲伤的生活，女方依旧幸福。

我明白，既然他背的是一座山，在重量方面肯定是能比拼的，作为一个这么胖的女人，肯定急着需要男人，我可以理解。

王飞听完悲伤的故事也哭得屁滚尿流泣不成声，姜思继续低下头思考问题：恋爱是美好的。

王飞问："兄台高姓大名。"

胖子说："免贵姓卢，卢皑。"

王飞说："好名字，姓卢，名爱。爱，爱，爱，果然不负情圣尊称。"

胖子说："不是爱情的爱情，是皑。"

王飞说："哪个爱？"

胖子拿起姜思签名的纸写下——卢皑。我写着眼睛望去，惊异其父书读得不多竟知道这么难的字，想必是翻开现代汉语词典第一页开始找到一个难认的字装学问罢了。姓卢就是姓卢，不过这样的"姓卢"怕没人想要，更加没人敢要。

我胡思乱想地闭上眼，寝室里又响起如果你的心看不到未来，那么你的未来就由我来安排，既然你已是我最心动的意外，现实的剧情就让它比童话更精彩……

5 泡妞秘籍

第二天醒来脖子果然痊愈了，太阳依旧暴烈，跟路琳一样。

教室的人越来越多，艰难地挤满所有座位。王飞依旧重复以前的动作——低头，转头，斜视，抬头，翻白眼。我突然看到他双眼缩小，眉毛紧锁，目光变得可怕。我好奇地沿着猥琐的目光望去，原来是那天看到的光头正在调戏小优，她被调戏得呵呵笑。我的双瞳也缩小，眉毛紧锁，盯着光头的一举一动，直到白芸班主任大叫一声："南伟阳，站起来。"

光头就站起来了，他叫南伟阳。即使每节课点名，班上大部分人的名字我都没搞清楚，我想其他人肯定也是。这个学校一星期上五天的课，上午三节下午两节，晚上自修，想去便去，不想去就留着一个空位。大学里这叫提倡自主学习，而传统的小学——初中——高中是非自主的，严格到几乎没有放假的时间。印象最深的是初三，从早上五点开始上课到晚上十点，一个月才给一个晚自习的时间回家拿钱。中国的教育，严格起来严到这种程度，自主起来自到没人。

南伟阳立正说："到。"

白老师问："你在干嘛？"

南伟阳不说话，我听到王飞低语"他在泡妞。"白老师看他低头想必是默认并认识到自己的错误，便让其坐下，同学们继续，继续。

自习完也就是中午了，王飞马上回到宿舍和胖子等人回合，讨论眼下最重要的问题。

王飞说："卢兄，我有个小忙你一定要帮。"

胖子说："不知何事，兄弟有难，赴汤蹈火，在所不辞。"

王飞义愤填膺道："有人敢动老子的女人。"

胖子说："是谁？那么大胆，砍了他。"

王飞说："不是这意思，我是好孩子，我得尽快追到她，以免造成不可估量的损失。"

胖子点头表示赞同。

自昨晚有了共同的信仰共同的爱好共同的追求，两人是一见如故相见恨晚。这样一来关系就亲切多了，话题也自然多了。我想，王飞本应该和我更亲切的，我们两不仅有共同的信仰共同的爱好共同的追求还共同爱着同一个女人。

王飞说："你是情圣，请指教一二。"

胖子说："指教不敢当，略懂一二，略懂略懂。"然后花了很长的时间去阐述爱的含义。爱情这个东西，就是我爱着你，你爱着我……

突然，沉思的姜思大吼一声："啊，其实爱是不完美的。"

王飞和胖子齐白了他一眼，继续讨论爱的问题。我表示同情他，或是同情自己，好奇地问："你说说爱是怎样不完美。"

姜思说："别以为喜欢问为什么的老子都喜欢，自己沉思去。"

我说："操，回答。"

姜思说："这个世界上没有那么多的为什么，为什么都是在沉思中进行的，沉思之后得到的都是结论，结论便是结果。"

我表示不解，姜思白了我一眼，说："女人算个什么东西，古代多少君王因为女人而亡国，红颜祸水啊！这是解释爱情为什么不完美，底层的人本不应该有爱情。人最宝贵的东西是生命。生命对于我们只有一次。一个人的生命应当这样度过：当他回首往事的时候，不因虚度年华而悔恨，不因碌碌无为而羞愧——这样，在临死的时候，他能够说：我的整个生命和全部精力，都已献给世界上最壮丽的事业——为人类的解放而斗争。"

我觉得有些道理，那家伙又陷入沉思，于是只好被迫偷听那两位为爱执迷不悟的光棍的对话。

胖子说："泡妞跟学习是一个道理，成功等于百分之一的灵感加上百分之九十九的汗水。这灵感就是方法，只要方法到位，再加上勤奋努力穷追猛打，不愁泡不到妞。"

王飞点头说："嗯，嗯嗯。"

胖子继续传授恋爱兵法："鄙人在失恋后追求过无数少女，终于总结出一套战无不胜攻无不克的爱情三十六计。这第一招便是瞒天过海。对一个你喜欢的她而她不喜欢你的女人，不能太早的表露自己喜欢这个女人的想法，因为你喜欢的这个女人一定不喜欢你，当你努力得到这个女人时你会这个女人的爱会越来越淡，而这个女人会开始喜欢你；当你在一起时，你会不喜欢这个女人。"

王飞问："什么这个女人，什么喜欢。太深奥了，搞简单些。"

胖子白眼说："难怪泡不到妞，这么笨。就是不能操之过急，要瞒着她，瞒着你喜欢这个女人的讯息；对她好，宠着她，护着她。然后在适当时刻才能表达你是爱她的。切不可操之过急，否则会适得其反，欲速则不达。"

王飞说："什么是适当时刻？"

胖子说："适当时刻就是适当的时刻。"

王飞说："这我明白，我问的是什么时刻是适当时刻。"

胖子说："到了适当时刻我自然会告诉你。"

王飞长"哦"地一声，问："接下来该怎么办？我该做些什么？"

胖子说："对她好，宠着她，护着她啊。在她需要什么给什么，在她困难的时候伸出援手，在她危险的时候第一个挺身而出，在她高兴的时候陪她高兴，在她伤心的时候给安慰的肩膀……"

王飞说："这样她会发现的。"

胖子说："所以你要切记不可让她发现。你的，明白？"

王飞激动地握着他的手，说："兄弟大恩大德，在下永生难忘。"

胖子甩甩手："什么大恩大德，什么永生难忘，既是兄弟何须在乎这些。来啊，看饭？"

胖子说："嗯嗯，明白，请。"

两人勾肩搭背地走进食堂，正好我肚子也空空如也，便叫上姜思一起跟了去。

当然跟去也有其他原因，我很想知道胖子是如何养成的，而养成他这样的胖子需要多少米饭。

王飞端了两盘饭过去，在电扇下缓缓地放在桌子上。我来到他对面，说："老飞，真巧，你也在吃饭啊。"

　　王飞说："嗯，真巧，你打的也是饭啊。"

　　我说："是啊，真巧，你的饭也有鸡肉啊。"

　　王飞说："嗯，真巧，你的鸡肉也有鸡骨头啊。"

　　我正欲开口，胖子插嘴道："巧什么巧啊，吃饭。"

　　说完我们四个开始埋头扒饭。

　　我看到王飞和胖子扒饭的节奏一致——张嘴，送饭，嚼饭，闭嘴，咽饭，时间十分吻合。但仔细看才知道胖子做完三个回合王飞才扒一口饭。突然姜思也加快了节奏，直接省下了嚼饭这个步骤，有时送几口才张一口嘴，大大节省了时间。于是大家加快了节奏，激动地努力扒饭，好像谁最先吃完谁就是第一。当然，这是众人心里想的，中国人与中国人自古无论任何事就有争第一的想法。这时我发现胖子的节奏更快了，不仅送饭的量大，平均一次是我们的几倍，还菜都不夹，直接扒米饭。当我们吃得还剩下十分之九的时候，胖子第一盘已经胜利解决了。

　　王飞说："吃饱了呀！"

　　胖子盯着打饭窗口，说："没有，你去帮我加饭吧。"王飞马上端着盘子走了过去，与大妈相视一笑。

　　中专不同初中，以前的学校是靠食堂赚钱，整天关着不让人出去，必须得排队到学校指定食堂进餐，生怕落下一个。饭不让加不说，还又贵又不好吃。到了这里，胖子畅怀了，整整让王飞加了六次。王飞最先与大妈相视一笑到相视不笑到相视大笑到相视不爽到不相视。从这个变化过程，我理解了胖子让王飞打饭的原因。

　　我和姜思吃完了不敢先走，把刚啃过的鸡骨头挂在嘴上重新啃了一遍，看着世界即将有一位饮食界大亨的诞生。

　　六盘之后胖子终于横着肚子不加了，估计人家食堂大妈也不敢再加了。我抬头，内心顿时被严重震慑，他的盘子竟然比洗过还干净，没有一粒米饭，更重要的是连渣都看不见。

　　真不愧是国际饮食界又一巨人。

　　王飞也有些吃惊，忙问道："卢哥，吃饱了么？"

　　胖子不说话，悠悠然地闭上眼，双手由上向下摸着圆润的肚子，脑袋顺着抚摸的节奏转圈。然后猛地坐直身体，双手模仿武侠故事里大侠运功的姿势，手掌平直，深深吸一口气，由肚脐提向下巴。停顿片刻，再呼一口气，猛地压下手掌，顿时一个惊天霹雳慈宁宫屁冒出，震得食堂余音绕梁三日不绝。马上，随之而来的是超强臭屁，回荡在各种味道中，瞬间压下饭香、氧气、二氧化碳、氮气等各种气体的味道，使万物黯然失色。

　　我们三人立即用手捂住鼻子，冲出食堂。这招确实厉害，运功放屁，说放就放，放得响亮。都说臭屁不响响屁不臭，这家伙放得是又响又臭。

　　胖子悠闲地走出来说："爽。"我恨不得骂两句，说："太臭了。"

　　胖子鄙视地望着我，说："饭后放屁，天经地义。"然后走进厕所。果然是直肠子，这都不带消化的。

　　姜思看着他的背影陷入沉思，王飞依旧在想着小优，我则百般无聊，千般空虚，万般寂寞。

自从见识到胖子的屁功后，我一看他提手运功的姿势便狂跑，可惜有时想跑也跑不了。他担心在教室放此神功会被某女生拿着正义之剑代表月亮消灭他，就在寝室首先悄无声息地前戏，然后打出惊天霹雳。

这招堪称现世一大绝技，在声音和味道上直接秒杀我们。最后姜思受不了了，双手抱住他的大腿苦苦哀求："哥，偶地亲娘啊，要放出去放行么，或者放之前打声招呼，我们出去。您不知道打断我多次思考了啊啊啊！本来距离真理就一步之遥，可——可你一屁就给摧毁了。"

胖子坚决不肯，理由是他也是该寝室成员之一，是交过钱纳过税的，没理由这样虐待他。于是我决定针对此情况，三人联名，召开寝室管委大会。

20日下午，中华人民共和国湖北省重点工程职业技术学院308寝室第一届管理人员代表大会隆重召开。会议最终选举我为寝室室委书记兼室长兼管委会主席，选举王飞为副室长兼管委会副主席，选举姜思为常务委员兼管委会秘书长，选举卢皑为308直属辖区隔壁309寝室即厕所代理室长兼所长。会议一致通过《308宿寝室管理方案》，并由室长发表重要讲话。

作为领导级别说话是有分量的，我请教了很多文字高手后，拿着草稿讲到："同志们，室友们，同学们，各位小朋友们，叔叔阿姨们，大家下午好！

九月的湖北，秋风送暖。在这个美好的季节里，我们在这里隆重集会，共同商付 308 寝室发展宏图大业。下面我仅代表室中央、室务院向 308 宿舍的全体成员们表示衷心的祝贺！向室长室委管委等官员们表示热烈的欢迎！向厕所所长等劳动人民致以诚挚的问候。

我宣布中华人民共和国湖北省重点工程职业技术学院一号公寓即男生请进女生止步宿舍 308 寝室第一届管理人员代表大会隆重召开。

（鼓掌）

首先感谢党感谢政府，能让我们在这个温暖的季节这么温暖的宿舍开会；感谢 308 寝室的代表及管委们热情参与；感谢 CCAV 电视台对本次会议的长期跟踪报导。

在开学的几周以来，308 寝室管理人员带领全寝室各族人民前仆后继、顽强拼搏，经过长期浴血奋战和艰苦奋斗，建立了新的 308 寝室，进行了社会主义革命和建设，实行了改革开放，成功开辟了 308 寝室特色社会主义道路，为 308 寝室伟大复兴打开了前所未有的光明前景。

建室以来，广大师生始终与寝室共命运、与时代同步伐，形成了优良文化传统和光荣革命传统，在寝室人民为实现寝室民族伟大复兴而奋斗的史册上写下了自己的隽永篇章。

当今世界正处在大发展大变革大调整时期。世界多极化、经济全球化深入发展，世界经济格局发生新变化，综合寝室竞争和各种力量较量更趋激烈，世界范围内生产力、生产方式、生活方式、经济社会发展格局正在发生深刻变革。特别是创新成为经济社会发展的主要驱动力，知识创新成为寝室竞争力的核心要素。在这种大背景下，为掌握竞争主动，为使308寝室能在世界千千万万寝室中挺身而出拔地而起，我们特召开本次会议。

我们既要充分认识自我，又要充分认识他们。我们决不能骄傲自满、固步自封，必须谦虚谨慎、埋头苦干，更加奋发有为地推进改革开放和社会主义现代化建设，继续在特色社会主义道路上。向着308寝室伟大复兴的光辉目标奋勇前进。

本次会议主要针对几个问题，比如所长卢皑同学的放屁问题，寝室卫生问题，辖区管理问题，于是室中央、室务院管委会等一致通过308寝室管理方案。下面有请副室长宣读方案。"

王飞说："会议的主要内容有：

一、不得随地吐痰。实在忍不下也只能把痰分成几次吐，较少分量再用脚毁尸灭迹。

二、不得在室内放屁。如果要放屁必须取得室长的同意再去辖区381寝室即厕所放屁。

三、不得打架惹事。要打架也只能偷偷打，不能损害所有财产，尤其是室长和副室长的。如果打架有理，可以申请室友支援。

四、不得随意骂人。骂人须有充分的理由经室长同意才能骂人，不能骂其亲属只能骂其人。

五、不得不雅睡觉。睡觉不能放屁、打鼾、磨牙、翻滚、梦游、说梦话，更不能干那种事。

六、不得混乱顺序。任何事情要逐级报告，由辖区室长向常务委员汇报，再由常务委员向副室长回报，最后由副室长向室长汇报。

下面由常务委员宣读308宿舍基本准则。"

姜思说："寝室成员要互帮互助友好相处，要培养'以热爱室长为荣，以危害室长为耻'等八荣八耻观，并牢记于心要时刻保持冷静的态度对待寝室关系，争取和平共处，通过外交手段解决问题。最后由我，秘书长宣布本次会议结束，请期待下次会议和坐在沙发前等待今晚七点 CCAV 电视台对本次会议的全程报导。

感谢大家，阿门！"

管理方案实施后，胖子同学的放屁情况有所好转。于是我们基本上都是在 381 寝室度过的，我在寝室中威望大升。王飞忙于泡妞一直看不到踪影，姜思终日沉思，把思考阵地转移到教室。于是寝室里，大部分时间里，只有我一个人。

这天下雨，很难得四个都在，大家因为几天或几周没"见面"的缘故都不说话，被姜思感染坐在椅子上思考人生。

简洁地说是大家都在沉默。

社会越来越进步，人越长大烦恼就越多，不顺心的事情也多。我很难明白在没有手机、电脑、电视机等娱乐工具的古代——古人是怎样存活下来的。我认为他们即使不被饿死也理应被无聊死。可一些书籍中记载，古人不但活着还活得很好，很快乐，Very very very very happy。这算是一种人性的遗失么？

淡定，我居然也思考人生了……

当我脑袋里正把这种人性的转变的原因解释出来从而把自己解脱出来仅离一步之遥时，寝室突然一声炸响，打乱了我的全部思维，又回到在没有手机、电脑、电视机等娱乐工具的古代——古人是怎样存活下来的。

我们四个相互凝望，最终把视线确定在胖子身上：哥们，你又放屁了。

胖子忙摇头，姜思抢先一步说："报告室长，我看见有人放屁。"

我问："你是怎么看见的？"

姜思说："用耳朵——不对，不是看见的，是听见的。"

我说："不是要逐级汇报么？"

姜思马上把头转向王飞："报告副室长，有人放屁。"王飞不说话，仍然闭着眼睛。

最终这次放屁事件不了了之，管理方案第二条首先被打破。

我继续沉思，鄙人对古代可是有着很重口味的兴趣，因为那时候的未解之谜实在是太多了。我想的也不是什么大事，什么万里长城和兵马俑是怎样造成的，什么秦始皇是怎么挂掉的，什么真的存在三皇五帝么，什么什么的，这些太虚无缥缈了。我想的都是一些贴近生活贴近实际的东西。比如古代没有手纸他们在如厕之后是如何擦屁股的？比如古人性生活是怎样的？在没有伟哥的哪个年代早泄和阳痿怎么办？比如古人刷牙么？如果刷是怎么刷的，用的哪几个工具？……诸如此类，这些在我心里都是很难理解的。

终于有一天，我带着这些问题找到历史老师，他黑着脸骂道："自己体会去。"于是我想到了穿越。

在一个风雨交加电闪雷鸣的夜晚，我独自走进村子后面的池塘，站在水中央。等了大概有半个小时，终于看见一道闪电慢慢逼近，我闭上眼等待时间和空间的转换，结果却被一个误以为我是什么所谓伊人的男人给救了。上岸后他情绪波动，后悔不已，悲伤地说："孩子，你不能寻死啊，年纪轻轻的。"

我说："我没寻死。"

他说："这么浅的水是淹不死你的。"

我说："所以我在这么浅的水里等死啊。别说我，你信不信这么浅都能淹死你。只要你呆上几个小时。"他不信，我说："不信你就试试吧。"说完他跳了下去，第二天便成为整个村子第一个为迎接盛夏而感冒的人——男人。

穿越失败后探索古代未解之谜的事情一直没有进展，我决定和姜思一起讨论讨论，即使这个问题是深奥的，但毕竟人家一直在追求着真理，一直在思想中。沉思了那么多年，多少有些收获。

当我把这些想法告诉他时，没想到这个思想家立即回答："这些不在我的思考范围内。"

我问："你的思考范围是什么？"

姜思深沉地说："真理和人生。"

我说："什么是真理和人生？"

姜思说："你读过泰戈尔的《生命如花》吗？"我摇摇头，他随即背诵了出来。

生命，一次又一次轻薄过

轻狂不知疲倦

我听见回声，来自山谷和心间

以寂寞的镰刀收割空旷的灵魂

不断地重复决绝，又重复幸福

终有绿洲摇曳在沙漠

我相信自己

生来如同璀璨的夏日之花

不凋不败，妖冶如火

承受心跳的负荷和呼吸的累赘

乐此不疲

我听见音乐，来自月光和胴体

辅极端的诱饵捕获飘渺的唯美

一生充盈着激烈，又充盈着纯然

总有回忆贯穿于世间

我相信自己

死时如同静美的秋日落叶

不盛不乱，姿态如烟

即便枯萎也保留丰肌清骨的傲然

玄之又玄

我听见爱情，我相信爱情

爱情是一潭挣扎的蓝藻

如同一阵凄微的风

穿过我失血的静脉

驻守岁月的信念

我相信一切能够听见

甚至预见离散，遇见另一个自己

而有些瞬间无法把握

任凭东走西顾，逝去的必然不返

请看我头置簪花，一路走来一路盛开

频频遗漏一些，又深陷风霜雨雪的感动

般若波罗蜜，一声一声

生如夏花，死如秋叶

还在乎拥有什么

我鼓掌道："好诗好诗。"

姜思说："这便是我所追求的境界之一。"

我问："你懂这首诗是什么意思哇！"

姜思说："这不是诗，是诗歌，诗和诗歌是不同的。"

我表示无法理解，又问："那你懂意思么？"

姜思说："不懂不懂，懂呼哉？不懂也！"

我诧异道："不懂怎么去追求？"姜思说："正是因为不懂才去追求。你见过有了老婆还要老婆的么？"

我说："见过。"姜思问："在哪？"

我说："古代——好吧，我最后问一个问题，泰戈尔是谁？"

姜思挠挠脑袋"有可能是一只老虎罢，中国人音译都那么奇怪。"

我陷入沉默。我们这群人，只有一想就会陷入烦恼，他每天想倒还显得十分从容。

窗外，仍在下雨，模糊了看对面女生宿舍的视线。

雨越下越大，冲刷着人间不干净的一切。

现在的教室人到了不少，座位显得满满的。我的目光再次绕过层层同学，温柔地落在小优身上，然后凶狠起来——南伟阳怎么和小优关系越来越好了。

我马上摇坐在前面的王飞，毕竟再怎么喜欢人家，肥水也不流外人田。

我说："老飞，南伟阳又在调戏小优。"

王飞凶猛地抬头，说："我——知——道。"我说："怎么能坐以待毙，虽然那家伙剃个劳改头像刚杀了人从牢里出来的罪恶犯人一样，但你要明白，我们才是刚刚被放出来的。"

王飞说："什么刚被放出来？"

我说："我们刚从牢里被放出来。"

王飞说："哦，我以为你把自己当猴子或者神经病。既然这样，我更不能再犯法了。"

我说："胖子不是教你三十六计么？咋不使出来啊。"

王飞说："不是正在试瞒天过海么。"

我问："咋看你一点行动都没有啊。"

王飞说："这就是这招的绝妙之处，瞒天过海就是要她不知道我喜欢她，就是要她不知道有什么动静，所以我什么都没做。"

我手指做了个"V"的姿势:"你赢了。"

随后王飞淫荡地一笑,笑得我不安,一声炸雷我更加不安。

一直以来我都认为王飞不是一个坐以待毙的人。社会每天都在变化,人世在变化,更何况是微小的人呢?而且这个人还是善变的王飞。他一定在暗中秘密策划着什么不可告人的勾当。

果然在课上到一半的时候他突然站起来大叫:"哦,我发现了一个惊天大秘密。"

同学们纷纷跟着起哄,问:"什么秘密?"

王飞说:"原来南伟阳同学的名字倒过来年是——"他故意停顿片刻,等待另一个同学的补充,好把犯罪名义推到别人身上,无奈同学们智慧太低,只有我站起来回答"——阳痿男。"

我看到王飞的练习本上写满了倒着的"南伟阳",真亏了他发现啊。我又看到南伟阳握着大拳头再转换成一只食指满脸怒火地指着王飞,我还看到小优满怀期待地等待这场大战爆发,我不经意看到路琳一脸纯净地望着我。

南伟阳指着我们说:"你该死的骂谁阳痿呢。"

王飞说:"只不过是个名字而已。"

南伟阳冲了过来,被白芸老师拦住:"都闭嘴。"

南伟阳说:"你该死的到底骂谁?"

王飞说:"这是个谜。"南伟阳说:"在外面给老子小心点。"然后径直在众目睽睽下走出教室,临走时还狠狠地踢了一下门。毕竟本校有老师压阵,他还不敢在里面放肆。坏人就是这样,不像以前的王飞,直接在里面进行,叫人拖到厕所就是一顿拳打脚踢,往死里打，往冒烟里打。

王飞哈哈大笑，胖子和姜思哈哈大笑，同学们哈哈大笑。我隐约看到小优又是高兴又是失望的表情。

然后路琳大吼一声："不许笑。"教室又安静下来。

哦，忘了告诉大家，路琳同学当选了本班班长。当然，关于她，关于她们，关于她和我，还有很多没有告诉大家，请听我以后慢慢道来。

下午放学王飞又实行了下一步计划：在我完全不知情的情况下以本人的名义约张小优和路琳出来——路琳只是陪衬用的。再出动全寝室人力，导演一场英雄救美的好戏。

胖子第一个提出意见："这招是不是太老套了，电视机上都放不知道多少遍啦。"

王飞说："不老套不老套。"

胖子积极表示不满，因为考虑到他的体积体格等外貌原因他在这场戏中充当坏人，而我和姜思纯粹是去打酱油以防万一出现再挺身而出解围。

王飞说："不行你给我想个新的。"

胖子说："我想不出来。"

第二个姜思提出了意见："我可以不去么？这种事情简直是浪费时间，浪费生命，浪费青春，还浪费体力。"

王飞白了他一眼，说："不行。"我准备再提意见，被王飞也白了一眼，说："是不是兄弟。"我说："是，是是。"便忍住不说。本来也不好意思说。

十分钟后我们四个大摇大摆地走出校门口，再分道扬镳。胖子在指定地点埋伏，我跟着王飞以免产生尴尬，姜思悄悄地藏在我们身边，时刻准备着。

时间安排得恰到好处，在准确的地点王飞和我遇到了小优和路琳。

王飞说："之前那一巴掌——对不起，我特来道歉，请你原谅原谅。"

小优说："你还记得啊，没事啦，都发生那么久了，我早忘了。你那天打我用的是四只手指头吧。"

四只？王飞明显有些吃惊，但仔细想后才明白原来挥手之前手正摸着屁股，大拇指弯曲起来了。

王飞说："女孩子就是观察得仔细。"

小优说："哪里哪里。你们今天上午怎么了？怎么没打起来啊。"

王飞说："不会的，南伟阳那小子肯定不敢动老子。"

我艰难地听着这段危险的对话，纳闷怎么雨停得这么快。路琳突然拍着我肩膀道："嗨，你在想什么？"

我一惊，忙躲开，平静地说："小琳琳，你知道吗，其实你温柔起来的样子挺好看的。"

路琳笑着问："真的吗？"我说："真的。"然后她安静下来了。快到转角的地方，王飞连续"咳咳"两声示意大家进入准备状态。

这个转角处，真的一个外人都没有。

坏蛋甲疯狂地从拐弯的地方出现，以色狼的本质不顾我们两个小男人的存在直接调戏小优。在北京时间二零××年九月二十八日下午五点三十八分四十六秒，王飞以迅雷不及掩耳之势快速击倒对手，此刻时间仅仅到了北京时间二零××年九月二十八日下午五点三十八分四十六秒后的五十个微秒。当然，这也得坏蛋甲的配合。

时间一微秒一微秒地度过，坏蛋甲终于出现了，还带着一群人。

王飞说："好家伙，会易容术啊，戴个眼睛竟然扮得像南伟阳那小子。"然后没等坏蛋甲过来调戏就是冲上去一阵拳打脚踢，由于速度太快，坏蛋甲还没反应过来就被打得爬不起来。

王飞边打边说："小优，我会永远保护你的。"

小优说："哦，呵呵，加油。"

我想，哪来的什么易容术，都是武侠小说害的。再一想，妈呀，既然如此，那么——这真是"阳痿男"。我迅速拉着两个女生往回跑。

小优问："为什么要跑。"

我喘气说："打架太粗鲁了，不适合你们看。"

路琳说："是是。"

跑了一会胖子戴个墨镜穿套西服嘴里叼根烟从拐弯的地方出现，说："我就是改变社会风气，风靡万千少女，刺激电影市场，提高年轻人内涵，玉树临风，风度翩翩的整蛊专家，我名叫卢皑，英文名叫 Ai Lu！小妞，哪里跑。"

胖子仔细看到如此混乱的场景忙拉起王飞问："怎么了？"

王飞脑一热，"你怎么在这？你是谁？那他是谁？"

坏蛋甲抬起头已经肿的看不见尊容。

王飞拔腿就跑，"妈呀，阳痿男。"

南伟阳气呼呼地说："你们还站在那干嘛，帮忙打啊。"为什

116

么非要老大吩咐才出手呢？小喽啰齐声回答："是，伟哥。"

就在这个关键时刻，胖子同学丢掉烟藏好墨镜挺身而出，与歹徒英勇搏斗。他再次使出放屁神功：双手模仿武侠故事里大侠运功的姿势，手掌平直，深深吸一口气，由肚脐提向下巴。停顿片刻，再呼一口气，猛地压下手掌，顿时一个惊天霹雳慈宁宫屁股冒出，震得在场所有人大惊失色。马上，随之而来的是超强臭屁，回荡在各种味道中，瞬间压下氧气、二氧化碳、氮气等各种气体，使万物黯然失色。

胖子稍微压下火力后，使劲地喊："王飞，你们快跑，不用管我。"王飞正在跑，压根就没管他，回头说："兄弟，怎么能这么说，要管的。"胖子说："不管啊。"

他使出第二个必杀技：弹屎神功。胖子把小指头伸进鼻子里面，抠出一个东西用力一弹，再抠再弹，可谓是百发百中。

鼻子差不多抠完了，敌方有些恢复。我想，这两招实在是太龌龊了。不过，对待这种龌龊的人只能用龌龊的招式。

臭味已经逼近，路琳拉着我说："好臭，快跑。"跑着跑着，我们跑到了寝室。

我拍拍胸脯说："刚刚好险，那家伙还真会等，居然出现在那里。"毫发无损的王飞说："是啊是啊。"

我想，这也太巧了。二十分钟后，姜思搀扶着胖子走回来。

王飞焦急地问："胖哥，肿么了？"

胖子连哭带骂地回答："肿了肿了。脸都被打肿了。该死的，我一直强烈要求不要打脸，没想到最后几个人全部打在脸上，呜呜——我的小蒙啊！"

我们仔细地朝他脸上看去，那肥胖的脸更肥了，青一块，紫一块，惨不忍睹。

王飞气得咬牙切齿："哥们，兄弟一定会帮你报仇的，你安息吧。"

我和胖子同时一惊："安息？"

王飞道歉说："不，不是，是安心，怎么说成安息了。要不是你，肿的就是我们了。"是啊，在那么关键时刻胖子英勇地救了我们。惧于其弹屎神功和放屁大法我决定以后不能在叫胖子了，改称其大名——卢皑同学。

卢皑同学脸部被揍得更丑后，对南伟阳时刻怀恨在心，恨不得生吞活剥。既然在肉体和势力上都无法打击到人家，他只好从精神上下手——极力怂恿并教育王飞快速追到小优，每日对其训练，传授爱情三十六计。

卢皑说："这下一计便是无中生有。"

王飞问："什么是无中生有？"

卢皑说："本来没的让他有的就有了。"

我们都表示不解，什么有的没的。

卢皑说："就拿这件事来讲，小优本来不喜欢你，我们就要到处散播谣言说小优喜欢你。其一，如果她怎的开始喜欢你，假的无中生有就成真的无中生有了。其二，如果她不喜欢你，也可以制造谣言，到时再去平息，让她感动。其三——"

我们都睁眼耐心地听着，他喝口水说："没其三了，总之爱情三十六计每计都有其妙用，计与计之间联系非常密切。"

王飞说："这样不太好吧。"

卢皑说："相信哥，哥不止是个传说。"

王飞说："万一她怀疑是我造的谣怎么办？"

卢皑说："所以你不能出现。"然后望着我和姜思。我们立即假装聊天，装什么都没听见。

王飞满眼泪光地盯着我们："是不是兄弟。"

我说："这个——"

王飞说："我是一名 90 后，出生在农村，当夜晚来风急，梧桐叶落，雁过伤心，没有像那些伟人一样身浮龙影再天炸惊雷，鬼神俱泣。大概是接下来的几秒钟时间，在外挖井的父亲从梯子摔下来。于是以后家里的担子全部挑在母亲身上⋯⋯'

我说："是是，你想要温暖，我们是兄弟。"电视剧每当有难时两兄弟之间都是这么问的，是不是兄弟？

于是我们被抓去涂鸦——只要有张小优的地方写上"优喜欢飞"四个不大不小的字。张小优的足迹实在太多，KTV、网吧、马路、减肥所、商店、超市、化妆品店、服装店⋯⋯可见这个耗时耗资又耗力的大工程。耗时的就不必说了，那么多地方，在网吧、KTV 等地方写字被抓到狠狠罚了不少人民币，马路上居然还碰到拿着铲铲到处铲广告的老头拿着铲铲追我们几条街道远。

工程将近结束时祖国妈妈的生日正好来临。这节日对我们无丝毫印象，爱国热情无丝毫提高，精神品质无丝毫改进。本来他们节日的诞生只造成两种目的——吃喝和放假。国庆节学校放假一周，师生皆大欢喜。我和王飞坐车回家，半路才想起为嘛不骑二六回来，抱怨个不停。

车子经过的地方，原来落后的土屋已经筑成一座座高楼大厦——政务工作的场所。有计划生育站，国土资源局，政府大楼……这和山花小学有相同的道理，外面气派，尤其是那个门，里面领导看不到的地方残缺一片，住的地方也更气派。十年来，乡里经济已经飞速发展，烟花爆竹厂如雨后春笋般拔地而起，迅速占领大面积土地，成为最大的风景线。当然，事故也市场发生，在这炸死人不偿命的穷乡僻壤里，时不时大地猛地震动起来。官方辟谣说是地震。当五颜六色的烟花升起的时候，村里人的玻璃窗随响声颤抖，就有人望着天空说，看，地震又来了。

王飞从城里买了很多东西回家，有红糖、白糖、蔬菜、都是老人爱吃的。

我说："老飞，我去你家看看吧。"王飞点点头。

到时我有些意外，比想象中的还要破。房子能保留到现在想必也是历史悠久了。其实在这里，这样的破房子多了去了，只是没想到王飞家也是如此。

王飞说："不介意吧。"我忙笑道："不介意不介意。"

他真的是一个坚强的孩子，也许因为父母去世做了不少"坏事"，浪费不少时间，但从来没有为自己的家庭苦恼自卑过。现在懂事了，我们都懂事了。我大步走了进去。

早已等候的老人戴着老花镜笑着端详半天："回来好，回来好啊。"

王飞说："奶奶，这是我同学。"

老人说："哦，听你说很多次了。"

我弯腰道："奶奶好。"然后俯向王飞的耳朵，说："孩子，生活的小挫折没关系，好好念书，长大了就是好日子。"王飞骂道："去你的。"再走进厨房。这样的话他应该每个有同情心的人都说过无数遍，但仅仅是——说。

老人说："飞机在学校还好吗？"

我说："好，好啊，非常好。不打就不骂人，热爱祖国热爱人民，好好学习天天向上。"

老人笑道："那我就放心了，他父母去的早，也没啥亲人。能不打架不骂人就好了，好好学习就谈不上啊。多谢了你们这些朋友啊。"

我忙说："应该的应该的。"这么个老人，我觉得自己不忍心欺骗，便决定把王飞谈恋爱的事情告诉她，好多了解了解自己孙子。

我说："奶奶，王飞在学校泡妞了。"

老人问："什么是泡妞？"

我说："不对，就是王飞在学校有女朋友了。"

老人惊呼起来："真的啊。"

我说真的啊。

老人笑道："我们家飞机那啥样还有女孩子喜欢啊，呵呵呵——"

我有些意外，老人忧虑道："不过我得教育教育他，这年头穷人谁要，我怕那姑娘家父母看不清。房肯定是要有的，车就不一定了，还要有很多家具家电……哎，可苦了这孩子啊。"

我问："奶奶，你的意思是——要把这事告诉他？"

老人说："是啊，要告诉他，让他认真努力，不然以后没钱连老婆都娶不到。"

我忙说："别，这样他会生气的。奶奶求求您了。"

老人思考了一会儿，不，是两会儿，说："好，不说不说。"我放下心，王飞的饭也做好了，让我们去吃饭。

我举着筷子不知道夹什么好，看着王飞一直在给老人夹菜，不忍破坏气氛，就找借口肚子离开回家。

我想，这个世界上所有事物都有其存在的理由，哪怕是一段如藕丝般的联系。

那么，我存在的理由是？

6 丰乳肥臀

国庆七天假里，我回到家重新回味了以前当混混的生活，我真的很难想象王飞在监狱的一年发生了什么，居然变化这么大。

两年半前，春光乍好。

当大地激动地颤抖时王飞突然给她发条短信："地震了，你没事吧！"马上回来一条新的信息："你是谁啊？"

王飞没有回复，轻轻一笑走到门口。

混混的生活就是这么简单，有事的时候打打架，没事的时候就像小狗狗一样蹲在门口看路人一个个地走过。而关于路人中的女人，王飞一直很好奇：喜欢默默地看她们走过去的背影，而不喜欢她们突然转过头来露出令人呕吐的龙女脸。这种感觉简直是跟打架失败一样，至少王飞至今都没有打过"败仗"。可就在那某天王飞突然看到她转过身，浅淡的微笑和迷人的身材与日光成垂直线，遮住了太阳的光芒。

王飞骂道："该死，这回眸一笑也太诱惑人了吧！"

我说："飞哥，你看上这女的了么？"

王飞斩钉截铁道："是。"

我说："你喜欢她哪里？"

王飞说："丰满。"

这么直接。

我说："那要不要我——"

王飞打断："去吧，你懂得。"

很快我就打听到了她的基本情况：名字程小凤，凤凰幼儿园教师，年龄16岁，身高160厘米，三围……

王飞很细心地看了一遍，问："这数据从哪来？"

我说："根据兄弟们几天观察而来。"

王飞扬手道："加大力度，继续观察，实事求是，发扬十七大精神，坚持一百年不动摇。"

兄弟们齐声鼓掌，好！

终于，今天在群众的努力下大部分数据都齐了，大地母亲为庆祝此事很淡定地小抖一下，街上行人惶恐地跑开，顿时熙攘的街道空无一人。为防止地震再次光顾而伤害到王飞心爱的女人，他准备等傍晚去接她。

我拉住王飞说："老飞，不行，人家不认识你，这样会——"

王飞说："哦，对，那怎么办？"

兄弟们围着讨论N分钟后报告说："哈哈，大哥，你假装送她，然后骗到我们这儿来……"

王飞点点头就走了。

骑着摩托飞驰一直是很爽的感觉。他总要解开衬衫上面的扣子，让衣服随着风鼓动起来，因为这像风一般的男人。

路人如此评价：该死的开那么快找死啊，以为是奔驰宝马。

于是王飞这车是可以和宝马奔驰相比的，加上本人高超的技术瞬间到了凤凰幼儿园。当然瞬间是以一百码的速度跑了三个小时，丫的原来这么远!

王飞在想那群小子让他假装送她，问题是怎么假装。于是花了二十多分钟摆出自认为超帅超优雅超酷超撩人超诱惑的姿势倚靠在门口，奇怪的是半个小时内没有一个人出来，往里一看原来堵了一群，老师们护着孩子跟防狼似的。

小凤走过来大嚷："你再不走我报警了哦!"

没想到第一句话竟然是这样，王飞吓了一跳，二十分钟的姿势全废了。

王飞温柔地说："别，你们搞什么啊?"

她说："还不是怕你进来。"

王飞问："为什么?"

她说："王飞——"

王飞打断道："注意，是王飞的王，王飞的飞。"

她说："哼，管你什么飞。"

王飞心里一惊，问："难道我声名远播美名扬四海了么?"

她说："才不是呢，是臭名远播。"

王飞顿时感叹到好事不出门坏事传千里人言可畏的威力，淡定地说："我是来送你回家的。"

她说："不要。"

王飞直接过去双手将她抱在怀中坐上摩托车飞驰而去，后面的那群孩子像跑了妈妈一样大哭。

还好王飞从小练过，不然像她那么挣扎，比地震还厉害，车早翻了。

风继续吹，衣服都披散在程小凤的脸上。

王飞说："你能不能消停点，我只是单纯地想送你回去而已。"

她说："不要，我又不认识你。"

王飞说："不行，我就是想送你。"

她说："你放我下来。"

于是王飞在这荒无人烟近似高速公路的地方放她下来了。

她吓哭了，他的心一颤又将她抱上车。

这条路是这么的完美，除了两旁的白杨就只有他们两个人。

这车从没带过别人，除了今天。

这天色很懂人情，渐渐地黑下来。

王飞故意加速，疾风使她不情愿地抱紧他裸着的腰。

她说："喂，你能不能慢点？"

王飞说："不行，天都黑了。"

她说："那你不冷吗？"

还真冷。

王飞说："冷。"

她说："你还真不客气呢。"然后脱下外套披在王飞身上。

车的速度慢下来，王飞闻到丝丝香味，真是个奇怪的女人，却更喜欢了。

王飞问："地震你没事吧。"

她恍然大悟："哦——原来那陌生短信是你哇！"

王飞说："是。"

她说："你这是在干嘛呢？"

王飞说："送你回家。"

她说："为什么？"

王飞说："不知道。"

她问："那你怎么知道我号码？"

王飞说："我啥都知道。"然后报出了她的三围。

她在背后使劲地掐了王飞的腰，月光下车飞得更快了。

送小凤回家后王飞就来到窝里，兄弟们问王飞："那女的呢？"

他说："送她回家了。"

我马上把整理好的床搅乱。

兄弟们问："那你弄了什么回来了？"

王飞脱下她的外套说："一件衣服。"

他们顿时沉默，王飞发下话："她是我女人，谁都不许碰。"

我见王飞认真了，连忙说："是是，你放心。于是大火散了。"

在这个寂寞的晚上王飞一夜都没睡，居然是人生第一次思考了人生，也许这就是爱情的魔力。突然一只老母鸡发春地叫起来，月光倾斜在窗台——哦，眼神失误是晨光，他在黎明时刻大喊："我要洗心革面从新做人。"

警察马上来了。

警察问："你是王飞吧。"

王飞说："是，叔叔，我又怎么了？"

警察说："去，别套关系。"

王飞说："老师教育警察叔叔就是叔叔。"

警察说："你被人指控猥亵女性。"

王飞说："不是吧，即使我对美女有那么一点兴趣也不至于去干那种事啊。"

警察说："时间昨天下午五点四十二分，地点凤凰幼儿园，工作人员报警说你劫走了他们的女教师。"

王飞说："那只是劫走，怎么是猥亵女性。"

警察说："不猥亵你劫走干嘛？"

王飞叹道，这就是警察的思维，然后被带入警局，来过无数次的警局。

我担心地让一群弟兄在外面候着。

没想到刚刚决定重新做人的时候就被带劲这个鬼地方。王飞对不起今天早上喊起床的那只老母鸡。突然警局的母鸡也叫一下，王飞又被放出来，临走时警察咬牙切齿地发誓总有一天会逮住你这条虫。

王飞哈哈大笑走出大门又看到小凤，顿时心花怒放。

王飞跨上豪爵对她招手："喂，去哪儿？我送你。"

她居然毫不犹豫第坐上来，王飞嘴巴微微翘起。

小凤说："去学校吧，因为你拖很多课了。"

王飞转过车头问："你为什么帮我，像我这种坏人抓进去不是更好吗？"

小凤说："我跟他讲的都是事实嘛，而且发现你根本不是什么坏人。"

王飞说："你还没有发现我坏的时候。"

小凤说："那就算这种事情是真的也不好说嘛。"

王飞坏笑地说："哇，是哦！

小凤舞起拳头拍打王飞后背，问："真搞不懂你们这些混混。"

王飞说："有什么搞不懂。"

小凤说："为什么整天打打杀杀，为什么不务正业。"

王飞被问住了，这的确是个值得思考的问题。整天打打杀杀，担心着自己的明天，还被世人唾骂。人生就是这么糊涂，除昨晚彻夜沉思之外从未想过关于这个问题，关于未来，关于爱情。

王飞感觉自己是被上天遗弃的孩子。他想起来了，笑着说："因为可以每天看到像你这样丰满的屁股扭扭地走过。"

她又捶王飞，只是更轻了。其实王飞明白，如果这个被上天抛弃的王飞再失去那帮傻兄弟就真的什么都没了。

摩托车的疾风携带一片枫叶，飘在半空遮住了清晨的光。王飞用手抓住树叶，太阳从里面透出来，光也成熟了。

目的地越来越近，小凤从王飞手中拿走枫叶说："你怎么了？

感觉怪怪的，是不是失恋了？"

王飞骂道："老子根本没恋爱。"

小凤说："你激动什么呀。"

王飞平静下来："还不是怕你误会。"

小凤说："我误会什么，我已经有男朋友了。"

听到这个王飞真想马上把她抛下车，再狠狠地骂一句"贱女人"。但是由于舍不得只能加足马力用速度缓解心情。

忽然她又说："我和他分手有段时间了。"

听到"分手"这两字车慢下来了，王飞继续听下去："他现在跟你一样也是混混。"

王飞哈哈大笑。

她问："你笑什么？"

王飞说："没什么，他跟谁的。"

她说："不知道，在市里"。

市区？王飞开始沉默，想抽烟却一直没有碰。也许王飞是这世上唯一不抽烟喝酒赌博的黑社会混混。

到幼儿园时王飞问她："你们为什么分手？"

她说："因为他要和我上床，我不肯。大概他现在有很多新的女人了。"

王飞又笑起来，一把抓住她的手很认真地说："程小凤，我要追你。"

她居然若无其事的样子："那你追呗，反正不关我的事。"

王飞说："你成为我的女人就关你的事了。"

小凤笑了，转身走进去。

王飞心里默默地对自己说：从今天起，开始像爱新生活一样爱程小凤。

是恋爱了吗？路上王飞总不停地问自己。但无论如何王飞确定一定以及肯定要把她弄到手，再结婚生子，开始属于自己的生活，像毛主席开辟新中国一样开辟自己的家。

王飞仿佛触摸到了阳光。

回去之后王飞便缠着她，跟她聊天，逗她玩，每天一句早安、午安、晚安，有时候晚安还多说几句。

这是王飞发短信发得最猛的时候，我说泡妞要像打小日本一样穷追猛打、死缠烂打，抓住机会绝不放手。王飞充分发扬了"抗日精神"，共产党用了八年成功，王飞仅仅用了八天。

第二天，王飞召集兄弟们开重大会议，商讨如何让程小凤成为"压寨夫人"。

我首先举手发言："嗯，这是个很严肃的问题，此事关乎重大，要认真决定。"

王飞骂道："丫的，别废话，讲重点。"我继续说："是。十里外不是有一座庙吗？你可以去求求观音大人。走路过去，在鸡鸣狗叫日出之时祈愿是最诚心的。"

王飞说："老子不信那套。"

我说："为了小凤，你要相信……"

王飞说："好吧，我能不能骑着那豪爵去？"

兄弟们一致否决，于是王飞决定马上出发。

没想到这座庙离王飞这里是非常的远，徒步走了一天一夜，当然那一夜和白天的小部分时间是休息的，王飞望着观音娘娘感激涕零。

在跟当地居民了解情况后王飞把手机闹钟调到五点三十四分，第二天太阳果然准时露出小脸，王飞马上爬起来跪在神像面前说——

内容没想好，于是把想的说出来了："让程小凤接受我，让我摸摸她的胸。"

此刻王飞觉得自己特傻逼，居然相信有神明，然而抬起头更傻逼了，小凤突然出现在眼前，王飞冲上去掀开她的衣服抓住了她的胸部。

王飞以为这是在做梦。

绝对是在做梦。

梦中的程小凤挣扎开骂道："你神经病啊！"

王飞清醒过来："神，不是做梦。"

小凤说："你做梦都摸——"

王飞说："谁让你发育那么好。"

说这句话时王飞已经做好被她踢或掐的准备，只是她却扑过来，紧紧地抱着王飞。

小凤说："笨蛋，我是不是喜欢上你了？"

王飞心里想马上回答是是，可不知道该怎么去说，只是用力地抱紧她，企图更接近她的某些器官，嗅到她发丝的香味。

王飞忽然想起问："你怎么在这？"

小凤说："不告诉你。"

王飞说："那你接受我了么？"

小凤说："你确定要当我男朋友吗？我可是很喜欢缠人的，怕你以后会后悔哦。"

王飞说："不会，我只喜欢被你骚扰。"

小凤说："真的吗？"

王飞吻了她，轻轻地说："真的，爱你就像爱生活。"

在神明面前乱来是很不卫生的，王飞突然产生这样的想法。有时候觉得改变就在那么一瞬间，我们都是神的宠儿。

小凤说："我得去上班了。"

王飞说："我送你。"转身才想起"坐骑"不在，于是只能坐出租车回去。

刚分开她就发短信说："你今晚会来接我么？"

王飞回复："会。"

正准备以之前的姿态坐在门口，手机又开始震动了："不许看美女。"王飞惊叹，这女人真有趣。

我走过来说："飞哥，成了么？"

王飞说："有你小子，难道真的有神存在？"

我说："只要心中有佛，佛无处不在。"

王飞踢了我一脚，想到今天或是未来应该干些什么，所以问道："你觉得我们这样生活好不好？"

我说："好！"

王飞循循善诱："每天就这样过日子吗？未来呢？"

我望着前面沉默。

是啊，未来呢？也许所有的混混都没有想过这个深奥的问题，而王飞已经超出混混成神混了。

王飞叹道："哎——我们浪费了青春啊。"

我转过头激动地说："王飞，快看，美女！"

王飞晕了，真是江山易改本性难移。本以为他能得到本神混的指点悟出真理而去沉思，没想到依旧在赏美。

王飞说："我们今后要过自己的生活了。"

我说："你不会打算娶那女人吧。"

王飞说："是。"

我说："你来真的？"

王飞说："不然老子跑去看观音娘娘！"

我说："那以后准备怎么办？"

王飞准备说，手机又震动起来："小飞飞，刚刚给孩子们唱歌了，好开心啊。"王飞回复说："亲爱的，等我晚上过去接你。"

我重复一遍："那以后准备怎么办？"

王飞说："找个工作，努力赚钱，娶个老婆，生群孩子。"

我准备说，手机又震动起来："喂，孩子们也唱歌给我听了，你想不想听啊。"王飞回复说："想啊。"

我继续说："开赌场，贩毒，卖军火。"

王飞说："难度太高了，党中央会讨厌我的。"

我说："炒股，开公司，设计软件。"

王飞说："你去吧。"

我说："捡破烂，搬运工，收破烂。"

王飞说："捡破烂好，还可以保护地球母亲。"

我说："好什么好！这个职业对我们青年一代绝对不利，一般捡破烂者均为老年人，他们可以靠此微薄收入安度晚年，而我们任务太多。废品主要以塑料品为主，一个废瓶市场价格个由一毛降到零点四毛，我们每天捡到两千五百个瓶子才赚人民币一百元。而现在由于道路两旁垃圾桶增多和人口老龄化增加，捡破烂竞争比较大。"

王飞瞪大眼睛看着我："果然深藏不露。"

我说："一般一般。"

王飞说："那怎么办？"

突然又收到一条短信，王飞边陪她聊天边研究问题。

于是我一一列举各种职业的基本情况，市场分析，到天黑还没讲完。

王飞说："要去接女朋友了。"

我说："飞哥，我还没讲完咧，别走——"

王飞说："那一起去吧。"

我说："好啊！"

王飞说："不行，你坐公交，我骑车。"

窗外一朵花瓣飞进来，天空染成红色。王飞和我同时向上望去，此处风景甚好。

王飞来到幼儿园时发现我早在门口了。

王飞问："小凤呢？"

我说："好像被人带到办公室，她同事讲的。"

王飞说："办公室在哪？"

我指了南方，王飞马上冲进去踢开门，发现一个男人紧紧地抓住小凤的手，看到她快哭出的样子，使出九牛二虎之力也没有甩开那男人，我马上过去对他一阵猛打。

王飞抱着小凤问："没事吧？"

她只是哭着不回答，王飞更来气了，也围上去一阵拳打脚踢。一会儿我拉着王飞说："飞哥，停。"

王飞说："怎么？"

我说："他好像是伟哥。"

王飞说："他用了伟哥？该死的，还敢吃伟哥。"结果又是一顿暴打。

我说："是名字叫伟哥。"

我把他提出来还真有点面熟，那家伙指着王飞的鼻子说："你忘了我吗？"

王飞问："伟哥吗？"

我马上放开手说："刚刚其实是飞哥的很多手在揍你，我的手没有参与。"

他说："你忘了之前怎么打你的吗？"

王飞握紧拳头说："市里的那些混混是你叫来的吗？"

他说："怎么？"

王飞拿起一张椅子准备砸过去被我拦住："飞哥，记得这人，咱们惹不起。"

王飞马上放下椅子偷偷问:"那怎么办?"

我说:"先放过他。"

王飞还是有些识时务,提起他的袖子说:"滚,以后不要让我看到你。"

他说:"这女人,是我的。"

王飞说:"老子的女人你敢动,试试。"

他说:"那明天我还会来,这里等。"然后哈哈大笑地离开,这姿势像极了老子当年。

王飞抱起小凤问:"你没事吧。"

她说:"你自己看嘛。"

王飞往下面望去:"还好,衣服都在,幸亏我及时赶到。"

小凤说:"他就是我前男友。"

王飞怒意又起来了:"我要宰了他。"

小凤说:"不管怎样,不许再打架了,我不想你有事。"王飞没回答只是忍住先送她回家,马上召集兄弟们。

虽说这个组织是按照党中央的模式组建的,但是实力仍然不能和市内黑道比,无论是武器还是人,我们都是弱的。

我说:"看来又要和那群家伙干一次了。"

晚上,王飞望着那只老母鸡说:"明天我是不是会赢呢?"

老母鸡咯咯地点头,王飞一激动把母鸡抱上床。

今晚终是不眠夜,明日终是不休战。

黎明似乎来得很早，那一米阳光从窗外射进来，王飞第一次闻到白天的味道。无论如何今天也不许失败，为了爱情，为了兄弟们。

小凤发短信说过来："不许打架了，答应我好吗？"王飞还是没有回复，我说："该出发了。"于是抄家伙赶到幼儿园门口，发现那群人早在等着了。

他说："还以为你逃了呢？"

王飞说："老子没躲过一次。"

对方明显数量上占优势，居然多我们三四倍的人。

刚说完我们就跑了，他们在后面追。还好豪爵跑得快，不过我被他们被拦住了，王飞骑车掉头，拉上我跑，他们也跟着跑。

我说："飞哥，再也不打架了。"

王飞说："没事的，人活着就为那么一口气。"

我说："就最后一口气了啊。"

王飞说："最后一口气也要知道那事你是怎么办到的。"

我说："就告诉嫂子你去观音庙打架去，然后她就跟着你了。"

听完王飞就倒下了，模糊中仿佛看到小凤的影子。然后突然更模糊了，很久之后又出现了一个孩子，凤凰幼儿园改成了龙凤幼儿园。

"怎么回事……"

其实我比他更想说这句话，不是到打架的时候都晕倒吧？我拖着他的身体扶上摩托车，打开挡就飞跑。

两分钟后王飞就清醒过来，问："追上来了吗？"

我顿时像霜打的茄子蔫掉，然后双手滑落，车向前飞了两米，我们被甩到了路边，飞哥断了三根骨头，我断了一根。

这件事后，飞哥住院了三个月，我两个月，跟骨头成正比。

我躺在床上问他："这次你为什么要跑？"

王飞说："我怕伤了没脸见小凤。"说完他就深深地忧伤了。

我看这才是最没脸的了，打架还没打就跑，跑了就算了，居然从车上摔下来，断了几根骨头，还住了院。

我看着他的脸，突然想笑。

人生总是那么的出其不意，而人总是那么的不在意。只要一个人认定一件事情，总会找各种说辞来证明自己的正确。这个世界理由太多，你们说是为了梦想，我只能说 You are right. 其实不管成败，总会成长，只不过是度不同罢了。

我突然继续说，像打断沉默的空气一样："你觉得小凤会来看你吗？"

飞哥肯定地点点头："会。"

但是接下来的两个月，结果很明显地表明王飞是错误的：她一次都没来过医院。而自己，总将是以泪洗面。

两个月后，我痊愈出院，而王飞还得在休息一段时间。

王飞是一个十分爱好体育运动的人，特别喜欢篮球，但由于技术原因，每次只能凭着霸气去争一个替补队员的席位，而且是在多一个不多，少一个不少的那种队伍。

想到运动，王飞就百般无聊，郁郁不得欢，终日以泪洗面。我觉得很内疚，便在出院后马上去找到程小凤，让她陪着王飞一起去看一场球赛。

我没有问她为什么两个月都不去探望重伤的飞哥，我骗她说他快挂了，希望在临死之前最后看一眼自己心爱的女人。

三分钟思考后，她就答应了。

王飞问："在哪看球赛？"

我说："学校的运动场。"

他想了想，又摇摇头："太远了，还是去看 CCTV-5 吧。"

我默默地转身，由于医院轮椅临时缺货，王飞的腿又不适应走路，只能由我代劳，背着他走到电视机旁边，打开体育频道。

小凤当时就怒了，拖着他就往学校里跑，飞哥在后面嗷嗷叫道："轻点，轻点……"

眼前生动的人群让王飞非常羡慕，在都是土的球场上他们正进行着一场篮球比赛。刚开始双方打的并不激情，王飞的心思也没在球场上面，而是眼泪欲滴地看着小凤，再环视周围的环境，一片叶子刚好掉了下来。

酝酿片刻后，王飞竟嘴里念出一串诗歌出来：

叶儿离开了树的怀抱

随着微风独自奔跑

眼前漫长的道路

不知向何方远飘

孤伤地茫然飞舞

在累时——

总抬头仰望爱的苦遥

憔悴枯黄的面容

更抵不过阳光的照耀

露珠化作眼泪追求

不要狠心松开你的怀抱

即使喊破嘶哑的喉咙

也哭不过这把绝情的刀

爱与不爱

最终还是选择把我丢抛

失去你的以后

所有的欢笑都将如烟散消

当死来临的一刻

仍忘不掉曾经拥有的美好

话落，王飞挤在眼眶的眼泪终于流了出来。

他们恋爱之后，王飞就想打一场篮球给小凤瞧瞧，让她感受一下自己男人的魅力所在。这一点也是有原因。他喜欢看 NBA，坚持了五年的习惯，而且特装逼的是只记住每只球队的名字和前缀，比如迈阿密热火，休斯顿火箭，多伦多猛龙……等等。他最喜欢买各种球星的海报，墙上贴满了科比、詹姆斯等人的明信片，每日观摩，每天早上对着他们敬礼，然后默默地说："我是打进 NBA 的第五个中国人。"

当然，这个只是说。

王飞的身高足够，但是技术实在太烂。但他就是喜欢打篮球，而要命的是每当拉拉队一出来，就跟着手舞足蹈。因为不知道哪个人说过，打篮球的人很帅。其中现象也可以证明，打篮球的人确实很帅。

王飞念完诗歌，我的眼睛也差点湿润了。而他们两个则是默默无闻的对望，深情凝望了十几分钟，我突然看到一个家伙投超远三分，角度没对好，球向我们这里飞了过来……

　　我大喊道："飞哥，小心球。"

　　他骂道："小心你个球啊。"结果小凤扭扭屁股急忙闪开，球飞过来直击飞哥瞪着的大眼睛上面。

　　同时，学校广播里响起那熟悉的音律——《海阔天空》。

今天我寒夜里看雪飘过

怀着冷却了的心窝漂远方

风雨里追赶雾里分不清影踪

天空海阔你与我可会变

多少次迎着冷眼与嘲笑

从没有放弃过心中的理想

一刹那恍惚若有所失的感觉

不知不觉已变淡心里爱

原谅我这一生不羁放纵爱自由

也会怕有一天会跌倒

背弃了理想谁人都可以

哪会怕有一天只你共我

今天我寒夜里看雪飘过

怀着冷却了的心窝漂远方

风雨里追赶雾里分不清影踪

天空海阔你与我可会变

原谅我这一生不羁放纵爱自由

也会怕有一天会跌倒

背弃了理想谁人都可以

哪会怕有一天只你共我

仍然自由自我

永远高唱我歌走遍千里

原谅我这一生不羁放纵爱自由

也会怕有一天会跌倒

背弃了理想谁人都可以

哪会怕有一天只你共我

　　此时此刻，引用《一座城池》的话就是——我感到身边有凉风刮过，并且伴随"嗖"的一声，紧接着就是"啪"的一声，再听到飞哥"啊"的一声，操场上所有的人都不忍心张开眼睛，始作俑者还咧着嘴半闭着眼睛龟缩着脖子，最后，寂静之中传来"咣当"一声。

　　就这样地，飞哥眼睛受到创伤，加住了一个月的医院。直到出去，他还恨着小凤，嘴里骂道："就知道丰乳肥臀的女人都不是好女人。"

　　当然，以上只是听很多人说才形成的飞哥和小凤的故事，最终的结尾请参照飞哥目前的状况。

7　卫生巾纸

　　七天后同学们兴高采烈地回到学校，卢皑又胖了，姜思沉思少了话多了，王飞也变了——变得更加努力！

　　我们四个目瞪口呆目不转睛地盯着张小优和路琳走进教室，他们竟然连看都不看这边一眼，跟往常一样正常安静。唯一不同的是其他同学，对她笑道："张小优喜欢飞，想飞哪里去啊？"

　　卢皑同学目转睛到我和姜思身上："怎么回事？"

　　我惊讶群众们理解能力，可以把"优"想象成张小优，为什么不把飞联想成王飞。

　　我说："老飞名气太大了，别人都不知道。当初还不如直接写上名字。"

　　姜思提前一步说："不可不可，万万不可。"

　　我问："为何？"

　　姜思说："这样会增加我们的工作量。"

　　我们齐白了他一眼，卢皑说："现在只能先发制人了。"

　　王飞问："怎么个先发制人法？"

　　卢皑说："你不是写了封情书么？拿来看看。"

王飞马上掏出来，卢皑轻声念到：

你见，或者不见我
我就在那里
不悲不喜

你念，或者不念我
情就在那里
不来不去

你爱，或者不爱我
爱就在那里
不增不减

你跟，或者不跟我
我的手就在你手里
不舍不弃

来我的怀里
或者
让我住进你的心里
默然相爱
寂静欢喜

我机械性地鼓掌道："好诗啊，好诗！"

卢皑问："你写的？"

王飞说："抄的。"

卢皑说："一看就知道，你能写出这样的诗我都喜欢你了。不行，这太难以理解了，要越简单越好——嗯，就写个我喜欢你，再签个名就可以了。"

王飞惊疑道："这样成么？"

卢皑说："NO 问题啊。"

于是王飞从信心为零被卢皑鼓舞成信心爆表下送出了那封信。

等待的时间是极其痛苦的，好比老母鸡生蛋后急迫地把蛋孵出娃来。我们想，看着一个新生命的诞生是一个多么微妙多么有意义的事情。以后的几天里，校园各地几乎都能看到王飞徘徊的身影，只要有人他便问："是不是有我的信？"可惜得到的都是失望。

我也急迫想知道答案，一直观察小优是否有反常情况，结论是没有。她仍然如往常一样上课认真听讲，下课完成作业，放学不见人影。

王飞终于等不急了，问："她没有回信，也没人任何变化啊，怎么回事？"

卢皑同学凭着多年的经验说："这说明有两种可能，一个好消息，一个坏消息，你先听哪个？"

王飞说："坏的。"

卢皑同学分析道："可能她对你的表白不屑一顾。女孩子是这样，不在乎的事情根本不去在意。"

我表示赞同。

王飞问："那好的呢？"

卢皑说："好的就是她心里已经默许了你。"

我强烈表示不满，这个几乎没可能。但似乎我们一直看重结果而忽视了过程，被姜思一语道破："你是怎么把信交给她的？"

王飞说："写了张纸条塞邮筒了啊。"

我们几个顿时晕倒。姜思说："你不能这样的，做事一定要有过程，要以实事求是、脚踏实地的态度全面辩证地分析问题，客观地追求答案。中国邮政的态度你是了解的，你没贴邮票，信封都没有，鬼知道你要寄给谁。就算有，邮政也不一定能保证送到。"

王飞恍然大悟："是哦。"

姜思说："这样吧，你重写一张，我直接帮你给她。"

王飞应了一声，我们大家纷纷散场。几天后事情终于有了结果。王飞跑得上气不接下气地找到我们，说了半天一个字也没说清楚。卢皑提给他一杯水说："别急，孩子，慢慢说，是不是回信了。"

王飞吞吐道："没——"

卢皑说："那是怎么回事？"

王飞说："她当面跟我说的。"

卢皑说："哦，没想到平时这么文静的女孩如此直接，看不出来啊。这就对了嘛，外表越单纯的女生内心越闷骚。相信我没错吧，她是不是亲你了？还是你们越过了道德的警戒线干了嘛？"

王飞说："没。"

我们异口同声："那是怎么回事？"

王飞喝下一杯茶，终于利索地接上话，还在话中作了很多的数学运算："她当面找我的，她说，你要追我吗？你能照顾我吗？你知道一个女生的心思吗？你还小，很多事情都是你无法承受的。就拿卫生巾拿来，女人一年之中平均来十次大姨妈，一次平均七天，大概要来三十五年才会绝经。就是说一生中会有三百五十次总计二千四百五十天，算计一下一生里一个女人会有七年在大姨该死的日子里度过，这段时间女人会不适：脾气暴躁，头疼肚子疼。再算下女人一生要用一万多块钱的卫生巾。如果质量稍微好点的卫生巾要三到五万块钱。这些你都能承受吗，你买得起吗？"

我们听得目瞪口呆。

最后姜思总结道："马克思主义告诉我们，她说得很有道理。"

卢皑醒过来问："那你说了什么？"

王飞说："我什么都没说，也没时间说，她丢给我一包卫生巾就走了。"

卢皑说："哦——那卫生巾拿来。"王飞从衣服里掏出递给他，卢皑看后说："还是苏菲的，挺贵，难怪呢。"

王飞一听就急了，问："意思是她拒绝了？"

卢皑摇摇头："非也非也，你倒是很有希望。"

王飞又来了精神，问："为什么？"

卢皑说："她是想以此激励你奋发图强，努力学习，努力干活，直到有很多钱能承受了再去找她。到时候你们就可以省掉很多过程直接在一起了。怎样，我先帮你把这包卫生巾保管着，等你赚到她一辈子要用的卫生巾的钱了再转交给你。"

王飞低头心里计算需要多久时间才能赚到这么多钱，嘴里说："哦。"然后又问："为什么大姨妈来了要用卫生巾？"

我头脑"嗡"地一声，思想停顿了三秒，卢皑可能停顿了十秒，姜思——这个就说不清了，大概永远沉思。

卢皑说："难道你不知道大姨妈是什么吗？"

王飞说："当然知道，我也有大姨妈。"

我们大为惊异，齐声问道："嗯？你怎么也有，那你也用卫生巾？"

王飞说："没有，大姨妈是我妈妈的姐姐啊，我就是在她家里认识放千纸鹤女孩的。"当时我们就大悟了，卢皑说："此大姨妈非彼大姨妈。大姨妈是所有女生的一种生理问题你知道吗？"

王飞对此显得格外天真无邪，也不能怪他，长这么大，虽然也谈过几次恋爱，但是其实没有真正接触过女人，也没人跟他解释，生物课也没上多少。

卢皑说："你有没有看人教版初中生物课本初二下学期课本第六页的内容？"

这时，姜思说话了："是初一下学期。"

我思想马上飞到那一面，王飞说："没有。"

卢皑急了，瞪眼道："那例假你知道吗？"王飞说："不知道。"

卢皑叹气说："罢了罢了，这孩子。"

我"噗哧"笑了出来，不过王飞的思想明显没在大姨妈上，而专注与卫生巾。卢皑一语启发了他，有时候，恋爱是动力。

说到卫生巾，我马上想把张小优那包抢过来，死胖子夹得太紧了，我无法动手。

卢皑说："你干嘛干嘛，再动手动脚我就放屁了啊。"我吓一跳，手马上缩回去，准备半夜盗巾。

夜晚来得十分迟，圆不圆缺不缺的残阳一直在半山腰跳跃，我一直盯着它上上下下地跳，眼珠也映得鲜红。我想起小学写作文时老师一直让我们造比喻句，当时我们的认识范围实在是小，唯一整天相伴的就是太阳。同学们都写：太阳像个大圆盘。我却想着太阳像个大圆饼。作文本交上去后，我觉得自己的得分应该是最高的，因为我的比喻实在是太形象贴切了。太阳圆饼子圆，太阳有热量，饼子也有热量，而圆盘是没有热量的。作文批改出来，其他同学都是查，唯独我的是阅。阅的意思是零分，老师阅读都懒得阅读。我表示抗议，被老师抓到办公室狠狠地训斥一顿："你这造的是什么比喻句，看你的多俗。"当我把自己想法表达出来时，老师说："哟，还敢顶老师嘴啦，长大了啊，去把你家长叫来。"家长还没来学校，学校就先把这是事在电话里通知了，我先在家里被痛扁一顿，又在办公室当着老师面被痛扁一顿。打完后老师激动地说："算了，孩子还小，打不得的打不得。"于是我明白以后写作文太阳只能像圆盘，月亮只能像小船，还必须得是弯弯的小船，但其实有时候我觉得月亮才像圆盘。

圆盘似的太阳下山后弯弯的小船似的月亮终于挂在空中。今天大家睡的普遍比较早，我悄悄地从床上爬起来，手伸到胖子被子里，突然一股臭味穿出来，原来屁都在里面放了。我忍住臭味四处偷偷摸摸地寻找卫生巾在哪，摸了很久才发现在死胖子屁股下。我深吸口气再憋住气从里面抽出卫生巾，这时候王飞大叫一声："啊，我该怎么办。"

很自然全寝室的人都醒了，我在众目睽睽之下拿着卫生巾不知所措，退也不是，不退也不是。

姜思问："你怎么了？"

王飞说："没什么。"然后望着我问："你又怎么了。"这也是大家想问的。我说："没事没事，我肚子疼，也许是大姨妈来了，用用就好，月月不疼月月轻松嘛。"说罢飞速跑到厕所把卫生巾藏起来。

王飞算过需要多久才能有足够的钱买回那么多的卫生巾后显得十分忧虑，一直叹气表达自己的心情。

卢皑觉得帮人帮到底，他说："别急别急，你现在要用三十六计中的以逸待劳。不过想尽快抱得美人归就得想出一个可行的方案。你得开始赚钱，不能靠省零用钱。"

王飞说："是是。"

卢皑说："你的梦想是什么？"

王飞说："泡张小优——不是，是得到。"

卢皑瞥了他一眼，说："除了这个。"

王飞说："没了，够了啊。除了她我谁都不要。"

卢皑连续瞥了他两眼，说："你怎么心里全是泡妞，要知道，女人不是你的全部，你还有梦想的，不是么？"

王飞说："是，我从小就想当科学家，一定要搞个导弹出来。"

卢皑否定了王飞科学家的梦想："不行，这个太不靠谱了，讨不到老婆不说，还经常得为科学献钱献身。"

王飞连连点头，讨老婆比搞科学重要。

卢皑问："还有什么其他梦想？"

王飞说："后来我就想当明星和领导。明星是发哥星爷级别的，多气派。领导随便就好，我奶奶说只要是官都有钱，所以不太在意。"

我插嘴道："发哥级别是不可能的，你顶多老飞。"

卢皑说："别插嘴，当领导就省了，明星还有些可能。要一步一步来，从小明星到大明星——好，现在你就要立志要当明星。我就是你的经纪人，赚的钱平分，哈哈哈。要么成名，要么致富，干这行搞好既有名又有钱，所以什么买卫生巾不在话下。"

我又插嘴说："还有我呢？"

卢皑说："你就给明星擦鞋吧。"

我不情愿地点点头，但擦鞋这个工作总要有人干吧。卢皑说："来，王飞，喊句，我是大明星。"

王飞说："俺——俺是大明星。"

卢皑说："讲标准点普通话，我是大明星。"王飞鼓足劲说："我是大明星，赚钱了买卫生巾。"

我们三个齐声为这个伟大梦想笑道："哈哈哈哈……"

突然姜思说："还有我呢。"我们齐说："是啊，还有你。"然后四个人一起哈哈傻笑。

于是我们开始了一场空前的造星运动。

有梦想有追求是好的，即使王飞身上有种种不幸，但此时他是幸福的。晚上，我坐了一个梦，一个关于梦的很长的梦。

在梦里，我和王飞均已经是壮年，王飞的壮是难以想象的，我感觉他是一个超人正在捍卫地球的和平和安宁，也正是因为如此，能力越大责任就越大，一路上我和把红色内裤穿在外面的王飞披星戴月斩妖除魔。也许是外星人进攻地球，或是神人魔三界大乱，背景不是很清楚，总之神、人、魔、外星人、鬼什么的都有。

人类遇上了空前的大灾难，我们两个不知道什么时候被选为救世主或本来就是救世主，有时挥舞着长剑，有时拿着AK-47四处扫射，打倒一批批的坏人，平定乱世。浴血奋战很久后人类重新回到地球，他们看到本应毁灭的世界不但没毁灭还剩下我们两人，就把我们钉在十字架上。原因不是很清楚，好像是他们希望世界毁灭却被我们莫名其妙地阻止了，或许他们又以为我们和坏人是一伙的。好人们在十字架上放满木柴，我们想反抗却使不出一点力量，因为都是人。当熊熊大火燃烧时，我突然听到姜思的声音："这就是真理，这就是艺术。"

我就醒了。

我想，这梦多么布鲁诺啊，从小我就希望自己是一名武艺高强的大侠，一壶酒一身好功夫，足以仗剑走天涯。当然，我不仅仰望于大侠的豪情，还期盼能路见不平拔刀相助，该出手时就出手。但自从有次路见不平还没拔刀就被揍了一顿后这梦想就破灭了。

我把梦告诉王飞，讲到一半，他说："去你的，什么外星人进攻地球，过几年还不是二零一二年呢，现在最重要的是如何把张小优泡到手，其次是我怎样才能成为明星。"

我有些失望，有了女人他就变得自私，还真是善变。

卢皑又在为他指点迷津："女人和明星这事不矛盾，你当明星之后就有钱了，有钱了自然有很多女人。"

王飞憨厚地笑道："不要很多，张小优就够了。"

卢皑一听生气了："你思想怎么这么狭隘，女人当然是越多越好。不过也不打紧。现在虽然你这么说，以后有钱了会变得会变的。"

王飞说："快教我怎么成为明星吧。"

我把头凑过去听他们如何造星。

卢皑说："要成为明星你首先得成为歌手，你看电视上的那些人基本上都是会唱歌的。"

王飞说："星爷不会唱歌。"

卢皑说："你怎么老是和周星驰比，你能成为周星驰么。来唱两句，come on。"

我瞪着眼睛等着王飞 come on，他提起嗓子，张嘴道："啦啦啦，啦啦啦，我是卖报的小行家，风吹雨打都不怕。"

这声音震耳欲聋，卢皑忙打断说："咋是儿歌？不行，你得唱流行音乐，像杰伦王菲梁静茹……你去借本歌词本来。"

不到一个会儿王飞借来了，卢皑问："哪来的？"

王飞说："对面女生借的，她们都喜欢抄歌词，人手一册。"

卢皑翻开第一页点头道："看，这不就流行嘛，刚开始就是杰伦的《披着狼皮的羊》。"

我纠正道："是刀郎的《披着狼皮的羊》。"

卢皑说："哦哦，谁会唱这个？"

　　会唱和教人唱歌性质不同，难度也不同，我摇摇头，谁知姜思举手说："我会我会。"

　　卢皑说："那你教他唱。其实我早就看出他是音乐天才，那音乐细菌多得快赶上细胞了。你有当助理的潜质，以后助理就是你啦。这学校好，一天就那么点课，你们唱吧。"

　　王飞对自己嗓子有些不放心，我是很不放心。他说："我真是歌唱的料吗？"卢皑鼓舞道："什么料不料的，哪有人生下来就是明星。这些都是需要努力奋斗和后天培养的，你看我的那些好朋友，比如杰克逊，杰伦，德华，等等等，哪个不是练出来的。姜思那家伙说不定某天就是哲学家了。"

　　姜思狠狠地点点头，前面都不是重点，拍马屁才是真的。

　　我惊讶道："哟，你还认识刘德华、周杰伦和迈克尔·杰克逊啊。"卢皑说："那是，谁不认识他们。放心，等我这个经纪人有财有权有名的时候，他们会认识我的。"

　　感情你认识他们，他们不认识你，还叫的那么铁。我实在不想听这天籁之音，迅速从寝室躲到厕所，一会儿卢皑也来了，我又捂着鼻子离开。

　　只听见里面传来两个鬼哭狼嚎的声音："我承认你就是那只披着羊皮的狼的羔羊……"

　　两个半小时过去咆哮声才稍微停止，我看到其他寝室的同学已经被吵得想割耳朵了，慌忙躲进去听到王飞说："原来是刀郎的，我还唱过《冲动的惩罚》，我就是那只披着狼皮的羊，小优是……"后面那句就不提了，懒得提。

卢皑从开始到现在一直是在厕所待着，这时候大概是下午六点，学校正好不上课，而我们也吃了饭。卢皑同学每当这之前必须蹲坑，他说："以后每天这时候你们就练唱歌，要努力地练，积极地练，狠狠地练，千万不要偷懒。"

这时间安排得十分巧妙，果真他们从此准时开唱，从未迟到早退，有时还提前开始或者拖堂。真是积极啊，我在两者之间很难抉择，如果留在这里，是耳朵受折磨，如果去厕所躲躲是鼻子受折磨。听觉和嗅觉同样重要，我只好独自地黯然离开这里，没想到咆哮声波及范围实在是广，宿舍内已经无处躲避，我去了另一个稍微臭点的厕所。用通感的手法以嗅觉的痛苦来抵制听觉上的痛楚。

一个星期后飞哥歌唱事业有所小成，他唱功提高不少，无奈声音无法改变，如果将这个哥改成歌是多么美好！如果他是"王菲"会更加美好！

追求是个好东西，没付出行动之前是梦想，付出行动之后是目标，王飞努力地追求歌手这个目标，以前日益消瘦的脸开始有了光泽，人也有了活力，不知是唱歌时舌头胡乱搅动触到了肌肉的缘故，还是像别人讲的那样，啊，爱情的力量。

我想，难道爱情真的有那么大魔力么？

时光从指缝中悄然流过，其溜的速度快得出奇，像风在溜冰场一样快得无法看见任何影子，唯一证明其痕迹的是带来了一片片枯黄的树叶。

秋天彻头彻尾地来了。

天气开始转凉，南方这怪地方说热热得快，说冷也冷得快。王飞在练歌的时候也察觉到气温的变化，攒钱给张小优买了一套秋衣。本来我也买了的，被他抢先一步只好给了路琳。在迎接秋天的过程里，王飞的演唱事业仍在如火如荼地进行着。他会唱很多歌，比如有徐誉滕的《等一分钟》，马天宇的《该死的温柔》，韩红的《天路》，周杰伦的《彩虹》……等等，更难得是还经常嚎《青藏高原》。经纪人卢皑对王飞的进步较为满意，但也不能总这么练下去，得来些实际的。邓爷爷都说了，实践是检验真理的唯一标准，付出行动，一百年不动摇。于是我们召开了讨论会议，整个过程中我都没有机会和资格发言。王飞是歌手，卢皑是经纪人，本来打酱油的姜思变成了助理，而剩下的我就是跟班，是保镖。

卢经纪人提议道："阿飞现在基本上算是个歌手了，但不能老在寝室里唱，得有个更广阔的平台，妓女也总换地方嘛，大家觉得如何啊？"

阿飞是王飞从事演艺事业准备的艺名，我们纷纷点头表示赞同。

卢经纪人说："不是让你们点头摇头，是提意见，提意见懂吗？"

我们思考了一会儿，姜助理说："追求梦想是真理中的一种，这个行为得大力支持。我想不仅能得到我个人的支持，还能得到党和政府的支持，得到文化局的支持，得到全国的支持。"

阿飞说："是。"

姜助理继续道："我觉得应该和党委宣传部及中央电视台联合起来主办一个阿飞环球演唱会，这样不仅能获得利益，还能提高知名度。国际意义也是很深重的，就是推动了全球音乐文化事业的发展，促进了世界各国和平经济的共同繁荣。"

我们微微点头。

姜助理说："这是方案一，是全球范围的，还有方案二。我们可以把王飞的歌录制下来发行唱片全国卖，但必须是原创，如果卖个几百万几千万张我们就发了，哈哈哈。"

我们也跟着笑，哈哈哈。

姜助理说："先别急着高兴，听我说完方案三，在学校就行了，高效率，耗资小，容易实现。我们在军训的地方搭个台，请同学们来听。当然，是要收费的，这是对艺人劳动成果的保护。我们按照火车买票的方式，前面五排是卧票，可以站着看坐着看还能睡着看，价格比较贵。后面五排是坐票，只能坐着看，价格稍微贵。剩下的全部是站票，但不能和我们的铁路局一样不体谅人民群众，站票肯定要比坐票便宜的！"

好！我们纷纷赞同第三个方案，觉得还是搞小的实际。最终我们决定于十一月十日下午开办阿飞年度歌唱会——迎接光棍节盛大庆典，并在之前做足充分的宣传。

翘首以盼，万众瞩目，群民期待，十日终于来临，我负责场地安排和安全工作，姜助理前排售票，卢经纪人控制局面，怕引来人山人海。

秋天，这里真是显得更加荒凉，满地都是落下的枯黄树叶，偶尔一阵风过来，几片树叶打在荒唐的我们的脸上。两个小时过去，场下仍无一人。

我问："是不是没人来？"

卢皑说："不会的不会的，可能是买票的人太多了，一时间挤不进来都在门里卡住了，我去看看。等下大伙冲进来了你一定要帮我控制好局面。"

我说："一定的一定的。"然后他就走了。又一阵风吹来，我想这准是没戏了。突然姜助理激动地冲进来说："有人了有人了。"我马上操起棍子做好安全准备，问："谁？"姜助理说："南伟阳。"我们三个拔腿就跑，二十分钟看到鼻青脸肿的卢皑同学回来。

王飞感激道："胖哥，你又救了我们一命。"卢皑说："叫经纪人。"王飞说："是是，经纪人。"

卢皑摸着脸，满腔已经装不下怒火了，心里和眼里都是愤怒，仇恨使他更加要把王飞培养成明星。他说："阿飞啊，现在施行方案二，你可不能辜负我们的期望啊，为了让你追求梦想，追求爱情，你看我们都这样了。"

王飞感动得热泪盈眶，然后坚定地点点头，拿出笔准备写歌。

桌子上放着一张白纸，他紧紧地握着笔，一会儿举起，一会儿放下。

王飞想，首先，这是第一次写歌，不能让我们小看。更何况我们都在后面紧张地看着他。其次是这真的是第一次写歌，别说写歌了，写作文都没啥经验，大家都想想第一次是一件多么难的事情。

这样僵持了约十分钟，最后因为他是坐着的，我们是站着的，被迫回到各自床上休息，各忙各的。

几天后王飞终于完成一个作品，题目是《班级》：

上课一排全睡

考试基本不会

分数基本个位

抽烟打牌都会

打饭从不排队

逃课成群结队

短信发到欠费

穿越如痴如醉

地下忘记疲惫

炫舞键盘敲碎

问道闭眼都会

垃圾班级万岁

　　这是一部现实主义作品，从客观真实的角度描写了班级的现状，甚至是以后几年或未来的状况，生动形象，尾字还押韵，读起来更有节奏美，旋律美。

　　词写完我谱曲，由于也是第一次，没有经验，就随意在类似字数的歌中套用了很多，我们咨询姜助理："怎么把他弄成唱片？"

　　他回答自己自制，买很多光盘录起来再拿出去卖。光盘要自己买，我们上网查了半天一点都没弄明白什么是唱片，满怀热情地放弃了方案二，只剩下方案三。

　　我们心情十分沉重，首先前面方案都失败，这是最后的。其次跟政府打交道，不擅长啊。还没开始就遇到了麻烦，虽说党和人民是一家，但我们实在不知道怎样去和党联系，考虑半天姜助理说：
"一二三四五，有事找政府。"于是他出去拨了会电话，挂了。

卢经纪人关切地问："怎么样了？"

姜助理说："我给他们打了电话，我说我们是一个著名的音乐团队，其中有个明星叫阿飞，我们一般是不和一般人合作的，但你们不是一般人，是政府，考虑到为国家贡献为民族争光的原因，我们决定和你们合作。我们打算一起推出一个叫阿飞的歌手的环球演唱会，有很大的市场和发展潜力，只要你点头，我们就可以详谈。"

卢经纪人说："好好，正是这意思，和我想的勾结得十分好，不谋而合。"姜助理说："他们问我是哪个阿飞，是王菲、黄飞鸿还是飞轮海。我说就是国际巨星阿飞，中文名爱妃，英文名 Fei Fei，日本名飞太郎，韩国名恩正飞。然后他们马上说了三个字。"

卢经纪人说："看吧，他们很爽快地就答应了，'没问题'，这说明我的影响力还是很大的，或许我们还可以跟联合国合作。"

"姜助理说："神经病。"卢经纪人极力淡定，控制住情绪说："怎么可能，政府怎么可能这样对待我。你要相信我们的政府是和蔼可亲的，是平易近人的。快，再打个电话，肯定是拨错号码了，一二三四五，记得每个数字都不要错。"

姜思马上重播回去，对方咆哮道："再骚扰政府就把你抓起来，告你们妨碍公务。"接着"嘟嘟"两声。在沉闷的声音里我们陷入沉默，有点掩饰不住自己的悲伤，特别是卢皑和王飞。王飞想了很久后说："我真不是当明星的料。"卢皑骂道："什么料不料的，哪有人生下来就是明星。这些都是需要努力奋斗和后天培养的，你看我的那些好朋友，比如杰克逊，杰伦，德华，等等等，哪个不是练出来的。我们都努力这么久了，你是要放弃么？你要相信自己，相信自己一定能坐上发哥的宝座，夺到那奥利奥，然后像居里夫人一样给孙子当玩具。"

我说："是奥斯卡，奥利奥是一种饼干。"

卢皑说："哦哦，奥斯卡，就是奥斯卡。"王飞充满感动地点点头，我说："经纪人，您都能把他打造成歌手，您看我，能把我打造成什么？总统？亿万富翁？奥运冠军？"卢皑说："打住，我看你顶多是一名刚被放出来的杀人犯，你会被再抓回去的。"我吓一跳，不敢再问。

在孤独的光棍节里，我想起了自己还是一个穷光棍，一个快成年的穷光棍。虽然寝室里都是穷光棍，但起码他们有追求，我连个目标都没有。萧瑟的秋天里，我还是怀念小薇。她或许是我一生中永远无法忘记的女人，即使至今连她的真实姓名都没有搞清楚，我也不喜欢去打听别人姓名，因为，这仅仅是一个代号，每个人都可以有的代号。我们都有着自己的代号，你也可以叫下位，或者个性些叫 × 破仑，但不管你叫什么，这终究是一个代号。我怀念自己为小薇奋斗的日子，就像王飞现在为了小优做出的努力一样。为了她我从倒数的成绩挤上排行榜，为了她我每天将自己的头发洗得干干净净，为了她我总是无法控制自己的冲动……那些逝去的稚嫩的童年时光，我不明白为什么会迷恋得如此莫名其妙，那是不是爱？不知道，但我知道，我喜欢她，我看到她就高兴，我希望每天都可以听到她的笑，希望能牵着她的手一直走到生命的尽头。

第一次看到小优时我觉得她像小薇，因为拥有同一双水灵灵的大眼睛，但当我又转身看路琳时又产生了怀疑，她也拥有一双水灵灵的大眼睛。于是我明白，这只是一个安慰自己和别人的借口罢了。以前朋友问我喜欢小薇什么，我说是眼睛，后来才发现她身体的每个地方我都喜欢。我不敢与她有过多的交集，只能假装没注意到她却想引起她的注意和身边的朋友打闹走过。走过了很多次，我终于错过了她。

卢皑说爱情只是人生的一道风景线，在漫长而又漫漫的人生路中有太多风景，不必为一个去纠结，更不必为风景中的一个颗树去留恋。

我不明白，他解释道：当你走出身边看外面有如此多美女时，你就会发现原来世界是多么美好。即使看过很多美女，我还是没能发现世界的美好。像卖车老板，像王飞，像姜思，他们每个人都对美好有着不同的理解。而对于我，对于这个世界，我对美好又有怎样的理解？

漫无目的地胡思乱想，时间在飞快流逝，光棍节又过去了。

王飞越唱越没劲，他也觉得应该去实践，去做些什么。卢皑说既然政府和人民都容不下我们，那只能去找一个需要我们的地方唱歌。

我立马想到聋子集中营，姜思想到了太空，如果站在那为全宇宙唱歌将是一件多么有历史纪念意义多么上帝多么耶稣的事情，更重要的是你在那嚎叫一辈子都没有人管。

卢皑否定了我们的想法，他说："经过了解和多年的经验，本人觉得应该首先搞个义演什么的，就是义务演出，不收钱的，大家都知道有什么地方？"

姜思说："希望小学，肯定穷得没有音乐老师。"

我说："养老院，他们需要我们，需要充满生命力的歌声。"

卢皑的引导使我们的答案接近正规，他觉得这两个地方都非常好。几天后希望小学这个选择被去掉。毕竟仅仅是希望，一般都是不可能实现的才希望。实在是无法找出一所真正的希望小学，即使有些挂着希望小学的名字，但也是为了骗取国家补助，骗取社会爱心。百般无奈下，我们趁周末去了当地养老院。

驱车几公里再行走几公里再驱车几公里到一个偏僻得不能再偏僻的地方，我们终于找到了养老院。

院长等领导早放弃牌桌时间出来迎接我们。

我问："妈呀远死了啊，怎么交通都不通了还叫交通路？"

院长说："不远的啊。正是因为不通交通才叫交通路嘛，你看其他名字都用了，和平路，解放路，雄楚路……就剩下交通路了。"

我说："好好，交通路。我们今天主要是代表广大人民和演艺事业从事者来慰问老人，顺带办一场义演。我们请来了国际巨星——阿飞。"我指了指大口喝水的王飞。

院长伸出手说："久仰久仰，果然很有明星的范儿，像那，那个韩红。"

韩红？我发现他握错了手，解释道："这是我们的经纪人，他才是我们的阿飞，飞仔。他获过很多大奖呢，有金鸡银鸡铜鸡各种鸡奖，有金像银像铜像各种像奖。"

院长说："哦哦，年纪轻轻就能得这么多奖，长江后浪推前浪前浪死在沙滩上啊。"

卢皑说："什么浪不浪的，准备吧。It doesn't matter who's wrong or right, just beat it, beat it, just beat it, beat it, beat it……"

院长说："不过我们这里也没什啥舞台，要不你们就在那快空地上唱吧。"

我望了一眼那块沼气池，说："不打紧的不打紧。"

院长说："嗯嗯，好，我去叫大伙过来。"

我们准备了十来分钟，院长终于把老人们艰难地请来了。王飞说："感谢大家来听我的演唱会，感谢评委老师，感谢 TV，感谢所有 TV。我先来一首歌唱祖国的歌曲。小小竹排江中游，巍巍青山两岸走……"

我们边听边看下面听众的反应，还真吓一跳，人生百态在这里都齐了。老弱病残，聋哑疯傻。有个人打断说："这首听过啦，整首流行的。"

王飞刚唱两句立马换了首周杰伦的《双截棍》：

岩烧店烟味弥漫隔壁是国术馆

店里的妈妈桑柔道有三段

教拳脚武术的老板练铁砂掌耍杨家枪

硬底子功夫最擅长还会金钟罩铁布衫

他们儿子我习惯从小就耳濡目染

什么刀枪棍棒我都耍的有模有样

什么兵器最喜欢双截棍柔中带钢

想要去河南嵩山学少林跟武当

（什么干什么干）

呼吸吐纳心自在

（什么干什么干）

气沉丹田手心开

（什么干什么干）

日行千里系沙袋

飞檐走壁莫奇怪去去就来

一个马步向前一记左钩拳右钩拳

一句惹毛我的人有危险

一再重演一根我不抽的烟

一放好多年它一直在身边

（什么干什么干）我打开任督二脉

（什么干什么干）

东亚病夫的招牌

（什么干什么干）

已被我一脚踢开

哼快使用双截棍哼哼哈嘿

快使用双截棍哼哼哈嘿

习武之人切记仁者无敌

是谁在练太极风生水起

166

> 快使用双截棍哼哼哈嘿
>
> 快使用双截棍哼哼哈嘿
>
> 如果我有轻功飞檐走壁
>
> 为人耿直不屈一身正气哼
>
> 哼快使用双截棍哼哼哈嘿

两分钟后瞎子碰碰撞撞地跑了，哑巴听得口吐白沫差点喊出，哦，我的上帝。跛子这刻也跑得飞快，顾不上生命危险了，最后连聋子也被感染到不见踪影。

比起这些脆弱的人，我顿时觉得自己坚强伟大了。

唱完现场只剩下一个听众，王飞满意地问："好听么？"

那人说："好听好听，这首歌是俺唱的。"

王飞说："你叫什么名字。"

那人说："刘德华。"

我们一惊，过会儿院长隔很远喊道："二狗子，该吃药了。"我们慌忙再驱车几公里再行走几公里再驱车几公里回到学校。

几天后院长打电话来说：上次你们的演唱会使我们这里有了很大的改变。

我们欣喜不已。

院长又说："现在基本上都是疯子了，二狗子整天闹着开演唱会，拿着棍子到处耍双截棍。"

我们控制悲伤的情绪。

院长说："你明白养老院为什么建那么远了吧？"

167

我们一起问："为什么?"

院长语重心长地说："为了防止你们这些神经病来发神经,老人们本来就脆弱。"卢铠狠狠地挂掉了电话,安慰王飞别灰心,别丧气,说真理一般是不被认可的。

姜思极赞同这句话。王飞被别人不认可了,从此放弃伟大而又光荣的演艺事业,放下了自己的明星梦想。这个不认可的人正是张小优。

事情是这样的:

王飞伤心不已,姜思也跟着伤心,变得张嘴闭嘴都是歌,我们说"伤不起"啊,他就唱道,伤不起啊伤不起……

8 浪费春光

秋天还真个是容易令人伤感的季节，王飞没了梦想后伤感不已，每周总要请一天的假去消磨自己的悲伤，比女生的例假来得更规律，更频繁。他请假的理由是浑身不适，脾气暴躁，头痛肚子疼；他消磨悲伤的方法是消磨秋光，时常站在窗户前望着远处的大山小山大树小树大草小草。如果他是个有钱人肯定借酒消愁，如果他是个诗人肯定会吟"问君能有几多愁，恰似一个少年白了头"。可惜他什么都不是，只能一语不发。

没了这小子闹腾，我们感到格外不适，感到了寂寞。卢皑同学说："在美好春天里，不干些什么岂不是浪费春光。"

我掐指一算，说："这是秋天。"

卢皑说："秋天来了，春天还会远吗？"

我说："是冬天来了，春天还会远吗？"

卢皑说："你这死孩子，死脑筋。按这个说法，秋天来了，冬天还会远吗？冬天来了，春天还会远吗？从宏观的方向、高深的思想、哲学的思维上讲，就是秋天来了，春天还会远吗。"

我点头称是，他这个思想的解释：只要你愿意，哪一天都可以是春天。在无限好春天里该干什么？我估计他要打某位女生的注意了。果然在第二天死姓卢的就给路琳写了封信。为此我居然显得焦急不安。

我问："不是瞒天过海么？怎么你第一步就先下手为强了。"

卢皑说："我不是在用三十六计，而是卢子兵法。"

我说："什么炉子兵法开水兵法，你怎么能打她的注意？"

卢皑说："去，关你鸟事。"

当然关我的事了，这里不得不提以前说到的以前。

我的回忆立即回到我们见面的第一天。那是个多么有意义的日子，那天的气温非常适宜，大约达到了三十八度，太阳像烧饼，不，像圆盘一样挂在头顶上，放射出万丈光芒。在昨天一夜大火的燃烧下，四周已经是狼藉一篇，渺无人烟。理论上应该是有烟的，但经过消防队员的彻夜抗战，烟基本上没了，正好也烧没了。可这么无人无烟的地方，我莫名其妙地邂逅了美女路琳外加张小优。我不知道她们为什么会莫名其妙地来到这里，甚至和王飞莫名其妙地发生冲突，但我明白，路琳的性格其实还是很好的，豪爽，率直，简直不像个男生。由于气温十分高，大家穿的都十分少，在他和王飞争吵打闹直至出手的过程里，我看到很多不该看到的春光。此处风景甚好啊！哦，这天应该是夏天，但按照卢皑同学的理论，美好的日子都是春天。

她没有任何妆容，不曾被世俗沾染，她的皮肤是那样的白。她剪着学生头，她的头发是那样的柔顺，脸蛋是那样的可爱，阳光此刻也变得温和，从天堂里射下来映在她身上，晶莹的光点陪衬美丽的女人，像一个天使。我想原来每个豪迈粗暴的人内心深处是如此的细腻恬静，正如有些人白天笑得羡人，晚上哭得煞人。

在某种情况某种角度下，即使路琳没有她身旁那位的身体发育和改造得醒目，但她也是美的，美的原始。

让我更意外的是路琳居然和我是同一个学校，同一个班级，还第一天里从政，干了班长，随后就发了第一把火打了我一顿。

那天自习，白老师说，可以讲话，但不许大声讲话。班里马上像蚊子一样嗡嗡地展开来。二分钟后一阵叽叽喳喳的声音突然爆出一声大喷嚏，犹如晴天霹雳。这个霹雳正是鄙人制造，同学们的目光一起聚焦在我这里，路班长走到了我跟前。我说，对不起，对不起，我不是故意的。

为了行使权利，好杀鸡儆猴，她在我手臂上狠狠地掐了三下，马上红了三个印记，跟被女人亲过似的。

女人的常用必杀伎俩啊！我忍住说："凭什么打老子。"

路班长说："老师说不许大声讲话。"

我说："我没有大声讲话。"

陆班长说："但你大声打喷嚏了，可以小声打喷嚏，不许大声打喷嚏。"

我可怜巴巴地摸着那三个红印说："这是你留下的，我会永远记得。"

她哈哈大笑，王飞哈哈大笑，同学们也都哈哈大笑，路琳大吼道："不许笑。"大家又继续叽叽喳喳了。

她在我身边坐下来，悄悄说："我不是故意的。"我的气更大了，这当着面还不算故意，坑妈啊。

我假装和王飞说话，不理她。她又说："大不了让你掐三下。"一秒钟不到，我马上反应过来以豹的速度熊的力量反掐了她三下，红了三个更深的印记。

我马上畅怀了，以牙还牙才是公平。

我说："其实我没生气的，班长让我掐不能不掐啊。"

路琳说："好吧，现在气消了吧。"

我笑道："哈哈，是啊，疼么？应该不疼吧。"她忍住没叫出来，说："这是你留下的，我会永远记得。"，然后平静地离开了。

我一下子就急了，三下而已，永远记得还让不让人混啊。碍于面子问题，我没有马上追去，而是在第二天买了瓶矿泉水偷偷喝了两口再倒到玻璃杯里偷偷约她出去喝咖啡。

我说："昨天我是不是下手重了啊？"

路琳望着自己的手，说："没有，我擦了云南白药膏，很快就好了。"

我悄悄看自己受伤的三个红印还在，不好意思地说："云南白药膏？这玩意儿这么好用，还有么？"

路琳呵呵笑了两下，说："你这是来给我赔礼吗？"

我把矿泉水——咖啡递给她："是啊，作为大男人是不应该打女生的，但你作为一个这个时代的优秀女青年，我相信你也会原谅我的。"

她喝了两口，说："好吧，我接受你的道歉。"

我偷偷笑了出来，怎么会连咖啡和水都不能分辨。出门时她揪着我的衣服说："下次不来这家了。"我问："为什么。"心里想着这小妞会不会发现了让我跪下认错。她说："咖啡怎么和水一样。"

看她没动手，只是拖着我走，我觉得她暂时在公共场合之下还是不便动手的，我问："这是去哪呢？"她说："笨蛋，我去拿药给你擦。"

我忙说："不用的不用的。"脚却一直跟着她的步伐走。

她回家拿药后让我在情侣们傍晚约会的地方坐着，她揭开盖凑近了我。

我说："我自己来吧，麻烦你多不好意思。"

路琳说："是我弄的当然我帮你啊，坐着别动。"我十分听话，安静地看着她离我越来越近，可以闻到她今天洗头用的是潘婷，可以看到她大大的眼睛和每一根睫毛，甚至偶尔发现躲在最角落的眼屎。她慢慢地低下头，挤出药膏涂在我受伤的手臂上，然后用大拇指轻轻地揉着。我又看见了不该看的春光。此刻，我抛弃了世俗的想法和所有的念头，什么男女授受不亲，什么张小优，什么小薇，都是屁话。很快就是透心凉心飞扬的感觉。

她说："你怎么不清理，这么热的天肯定发炎了，还起肿。"

我说："不是你指甲那么长钻进肉里了嘛。"

随后他就在我手上轻轻地揉起来。她的皮肤真的很好，又白又嫩，我尽情地享受，悠然地闭上眼，然后睁眼——突然发现小优正在看着我们。

我立即跳起来说："我们——"

张小优微笑道："不用解释啦，我懂。"

懂？我更郁闷了，我拉起路琳："你问她，我们真的没什么？"

路琳说："是啊，我只是在帮他擦药而已。"

我说："是啊是啊。"

张小优看了我一眼不说话走了。我把药膏握在手心，说："班长，这我还是自己擦吧，谢谢你了。"然后留她一个人在这里。

后来几天张小优没有再找我一起看喜羊羊与灰太狼，我也不敢去找路琳，看到她就躲。倒是王飞，这几天走狗屎运，张小优对他的态度出奇的好，王飞每天都等在女生宿舍下面帮她挤进去打开水，有时候还激动得烫着。

终于王飞准备写信告白，但是很怕没送出去，只能每当在上课时抬头转头用饱含深情的目光绕过层层同学望着张小优，我吃醋地沿着他的目光却不幸撞到了前面的路琳。看到她比猴子屁股还红的脸，我马上就尴尬了。很多次之后，我不敢再看她。王飞由于南伟阳的威胁迫切地想追打张小优，但她和路琳是好姐妹，每次他俩约会时总会带上我和路琳当电灯泡。

路琳说："我知道你喜欢小优。"

我问："你怎么知道？"她说："女人的第六感。"

我沉默，她又说："你们是不可能的。"我问："为什么？"

路琳说："她不是你们表面看到的那样。"

我好奇地问："是哪样？"

路琳说："其实眼睛看到的不一定是真的，所以她不是你表面看到的那样。"

这是个很有深度的问题，我陷入思考中。

路琳说："我喜欢你。"

我马上从思考中跳出来，说："我们是不可能的。"其实听到这句话我还是很意外和高兴的，有人爱是好事。也许这和同时喜欢很多人是同样的道理，在一定程度上你可以喜欢不同的人，也可以有不同的人喜欢你，这样才形成平等。她问："为什么？"

我说："我不是你表面看到的那样，其实眼睛看到的不一定是真的，所以我不是你表面看到的那样。"

路琳认真地说："你不喜欢我么？"

我肯定地回答："是。"喜欢和好感不同，我承认对她有好感，但是绝对是出于外貌和玩得来。我认为自己在喜欢的女人面前是羞涩的，就像对张小优。但在路琳面前，我没有丝毫害羞，反而时常切磋武艺动手动脚。她长"哦"一声陷入沉默。我觉得自己是不是伤害到人家女孩子什么心了，便说："你可以让我喜欢你啊，同时我们也可以当朋友啊。"

她手舞足蹈道："真的吗？"

我说："是。"

为了避免从好朋友到男女朋友的质变，我努力地控制着和她在一起的时间。我知道自己认定了我的人是张小优。以至于无法接受任何人。但为了王飞，我不能这么做，再说了，那妞也不一定会喜欢我。即使我可能成为她的人。

某天我对路琳说："小琳琳，你知道吗，其实你温柔的样子挺好看的。"从此以后她像变了一个人，说话不再大声，吃饭不再大口，走路不再大步，骂人都不带脏字。由于积极参与王飞追梦实践，她的改变我没太关注。

日子就这么幽默地过着，王飞的明星梦想终于破灭，卢大胖子突然给她写信，我感到不安起来。我觉得喜欢我的人绝对不能被他人得到手，即使我不喜欢她。

可第二天路琳就给死胖子回了信，我坐在床上望着死胖子看信的表情，眼睛都快盯红了。

很快胖子看完挥了信，长叹一口气，然后转向我："你小子行啊，她都能钓到手。"

我哈哈笑道："什么？"

胖子说："路琳啊，你什么时候钓到手的？本人觉得她才是最好的，够泼辣，够野蛮，俺还喜欢素颜女。"

我郁闷地问："什么什么时候钓到手的？"

他把信递给我：

对不起，我已经有喜欢的人了。

我很喜欢他，喜欢到无法自拔，无法再接受任何人，他已经沾满了我的内心。可是他也有喜欢的人，他喜欢优姐。我在想要不要见到他，但是我怕。也许习惯了，他对感情的冷漠。再见到他我怕控制不了自己的情绪。只要一看到他的目光停留在优姐身上，我的心就好疼。眼泪止不住地流。我是不是很没用？我很想把眼泪憋回来，可是却好难受？我是不是连为他掉眼泪的资格都没没有啊。

我希望他能好好照顾自己。

　　希望自己下辈子是一颗大树，而他则是一只小鸟。如果飞累了就停在树上休息一会儿，也许小鸟每天会飞往不同的地方，可是大树却永远还在哪儿，不会移动，除非是老到连根都死掉，否则她永远不会离开那片土地。她永远会在那里默默守候小鸟的归来。

　　我希望他每一天都过得快快乐乐的，不要有那么多的烦恼，不要有任何负担，为自己的理想奋斗。

　　如果某天他寂寞了，我永远等他，因为我的幸福是被他需要。

　　我彷佛看到花重开，叶再绿，最起码的，我被感动了。我叹道："我的幸福是被他需要。"姜思立即跟着哼起来，幸福是你眼睛，笑起来的美丽……

　　我想，幸福是什么？以前认为是在美好的年代里谈一场轰轰烈烈海枯石烂的爱情，现在或许不是了。

　　卢皑说："丫的，爱你爱那么深。你还喜欢张——"我打断说："嘘嘘。"然后指指王飞，问："你怎么知道这信是给我的？"卢皑说："你忘了本人是情圣么？随意观察就知道她对你有好感。"

　　我赞道："你不是一般人。"

　　卢皑说："对，我不是一班人，我是三年二班的周杰伦。"

　　我哈哈笑道："那你还追么？"

　　卢皑说："当然，我想做的事从不放弃——不过我有新的对象了，朋友妻不可欺嘛。人家那么爱你，你就从了她呗。"

我微笑地看着他，说："再议再议。"意外的是这小子的新对象竟是班里的一对与卢大胖子有着同等质量的姐妹。不过可以谅解，在这个狼多肉少，全班仅仅几名女生的地方，大概只剩下这对姐妹了。寂寞的季节里，姜思也发春了，和外面一女的探讨真理，经常深夜敲门或彻夜不归。而王飞——哎，可苦了这娃啊！每天埋头学习，做那永远做不完和永远不会做的作业。我时常挺起腰板盯着前面，看着他举着食指和中指夹着笔放在脑袋上一直挠一直挠。这是不会做题的表现，由于太多不会久而久之挠的地方已是光秃秃的一片。在很长的时间里，他没有抬头，除了做题，还看了很多名著和各类书籍，再将《水浒传》通读了一遍，他的形象已经渐渐和学校古董级别人物靠近——仅仅是外型。

　　我想，到底是发生怎样的事情才让这小子再一次脱胎换骨，但问了很多次他总是避而不答，甚至每天只剩下吃饭，洗澡，起床等基本又简洁的对话，仿佛一语千金。

　　在看到路琳的信第二天我就去找了她，我觉得自己不能辜负她这样"好"的一个女孩，喜欢与被喜欢之间，必须理清感情。更重要的是，我也寂寞了。

　　是啊，秋天来了，该恋爱了。

　　我换了一身比较简单以便展现出自己肱二头肌胸肌等各种肌的衣服，在充分裸露出英国绅士的绅士魅力和强健体魄的男人魅力后，跨上二六在校门口埋伏，准备送她回家。这天我早早地逃课了，本想到去哪搞一辆摩托车来，因为是男人速度与激情的体现，无奈实在不知道去哪搞，只好作罢，骑上已经恢复健康状态的二六。

放学后，走读的学生差不多都走光了，路琳才姗姗来迟得出现在视线里。班长嘛，卫生也是要帮忙搞的。

我挪动车到她身边说："喂，我送你回家。"

路琳显得有些意外，看着车说："哇，二六。"顿时我的兴致提高了百倍，她是一个看到二六没说成二八的人，真是个令我满意的女人。我也显露出意外之情说："是啊是啊，哈哈。"然后按照老板的解释解释了一遍，只不过人称有些变化。

路琳说："哇，你比爱因斯坦还聪明。"

我洋洋得意道："当然啦——什么？爱因斯坦？应该是爱迪生，搞电灯泡的。"

路琳说："不知道，反正都是爱。你今天怎么会来接我，奇迹啊，太阳打西边出来了吗？"我抬头看了一眼前方，我们正在往太阳落山的方向行驶，西边已经彻底看不见太阳，只是露出它被困住放出的红色光芒。我又回头看了一眼她的脸庞，映得十分红润，像水蜜桃，我想这些天我一直在欺骗自己喜欢的是张小优么？

我说："太阳不会从西边出来的，这是自然规律，以后我要每天来接你，也要成为自然规律。"

空气凝固了一会儿，路琳说："为什么"

我说："因为我喜欢——"突然地被她一句"小心"打断，原来骑到了十字路口，差点撞上街边的交通警示牌。

我问："该走哪条路？"

路琳说："走哪条都可以。"

我又问："哪条近些。"

路琳指着左边说："这条。"

我踩动车走向右边说："那走远的吧。"

太阳越沉越下，在十一月的萧瑟寒冷的秋风里，失去光与热的傍晚里，我觉得自己是一个神经病，穿个单薄的夹克逆风而行，冻得直哆嗦，毛都竖了起来。我以为她会盯着我的肱二头肌欣赏，没想到她仰望着天空不知在漫无边际地想些什么。人生很多时间里，女生的生活大部分都是在想象中度过的。几分钟里我们一直没说话，或许是习惯了这份沉默。路琳终于开口："你不怕被优姐发现吗？"

我郁闷地说："这个真没想过，下次的时候一定要考虑到。"

路琳说："其实我发现优姐她可能喜欢你——嗯，不知道是不是喜欢，至少有好感，她喜欢像你这样的强壮男人。"

终于被发现了强健体魄的男人魅力，虽然都是中看不中用，我还是欣喜不已。我说："为什么？我现在不喜欢她了，死心了。你们到底是什么关系？"

路琳转移话题问："你冷么？"

我说："不冷。"

路琳说："怎么会，我看你一直哆嗦，我把外套给你披上吧。"

我嘴里说："不冷，不用了不用了，男人怎么会怕冷，倒是你，弱女子的，在这么寒冷结冰零下几度的天气里还是穿那么少。"心里却等着她把外套披上来。

等了一会儿，背上没有增加任何重量，路琳说："屁话，哪里是零下，有十几度的。"

我说："嗯？真的吗？十几度怎么跟要结冰似的？太冷了啊！

你要用心去感触这份微妙的气温变化。"

说着她闭上眼睛用心去感受，得出结论说："真的，应该是十几度。"

我说："你看，你都说是应该了，所以可能是零下呢。"

路琳说："哼，昨天我听了天气预报是十几度的。"

我说："天气预报都是不准的，说明天多少度指不定是说哪天多少度。去年冬天天气预报说没雨结果下了一个冬天的雪。"

路琳说："我相信专家，真的是十几度。"

被折服了，专家都说了，能不信吗？

我说："哦，是吗？还真十几度，感觉好多了，可能是风太大的原因。"

路琳接着说："嗯，好大的风，你真不冷吗？要不给你披上外套吧。"

我说："不冷不冷，你自己穿着，女孩子多脆弱。"然后尽力控制自己的双手，还好下面没肌肉，不然要穿短裤了。

天已经彻底暗了，街道两旁齐刷刷地亮起微弱的灯光。这里晚上是如此的安静，看不见任何行人的踪迹，偶尔有车路过也不过发出很小的喇叭声。我们穿过黑夜，穿过仍是黑夜的黑夜。

我问："还有多久到你家啊，你每天得多久起床啊，这么远。"

路琳说："不是的，其实走的那条近道十几分钟就到了，骑车的话更快。这个等于围着我家绕了整整一个圈。嗯，不过也许快到了。"

我的心顿时凉了，这样下去迟早会感冒。我忍着寒冷，忍着饥饿，忍着黑暗一阵猛踩，约十分钟后,路琳拉着我的衣服说："就到这里吧，家人看见了不好。"

我停下车让她下来，风一阵阵地吹起，一阵阵地起拂着她的秀发又落下。此时，我发现了一个这般安静的女孩，完全脱去白天的坚强，把软弱一丝不挂地展现在我这个男人面前。

我脑中突然萌发一个很淫乱的奇思妙想。

我走进她说："喂，我可以抱你吗？"当我说这句话时记忆里立即浮现出第一天她打飞哥的那一巴掌，一个不经意的"啊"都能肿个半边脸，这下估计也绝了。

我等待她伸手就是漂亮的一巴掌。

但是，一秒钟以后她竟慢慢地闭上眼睛，张开双手。我上前两步紧紧地隔着一层层衣物拥抱她，这种温暖真是——真是不能用语言形容。

我对自己说，我真的喜欢上这个女孩了。

我感觉身边的温度正从零下几度上升到几十度左右，我吝啬地享受着这份温暖，长达十几分钟身体没有发生任何动静。而把头埋在我胸口的她，居然也纹丝不动。

突然，脆弱的灯光下，路琳把头从我胸口抬起放到肱二头肌上，脆弱地哭了。

我感觉手臂上有湿度，一时间不知所措。她越哭越大声，眼泪像泉水般涌出，甚至我能感到她睫毛沾着水在我的肉体上蠕动。我被吓住了，即使以前大概也许可能伤害过他，但还不至于有这么大的痛苦吧。

我脱下仅剩的一件背夹，扶正她的头，帮她擦眼泪。顿了很久再焦急地问："你怎么了？"

路琳抢下衣服说："你走吧，我不想看到你。"

我问："为什么？"她说："我怕明天又看到你冷漠的一面，你知道幸福和绝望的落差有多大吗？"我说："不知道。"她说："那只是一个微笑和一滴眼泪的距离，上一秒幸福，下一秒绝望。刚刚我想了很久，你肯定是被那封信感动的，那只是一时的感动而已。当你不感动了，你还是会变得跟以前一样。你还是喜欢张小优。"

我表示不解，茫然地看着她，半天才挤出一句："为什么不维持感动？"她吼道："你走，你走。"

我依然不动，心里一直在责怪自己。像我这种花心大萝卜，随便看到哪个美女就称对她有好感，而在自己真正喜欢的人面前，却不敢说一句"我喜欢你"。

路琳说："要么你走，要么我走。"

当然，当然，当然是我走。我骑上车再回头看着她边哭边跑边擦眼泪，女人的变化太快了。

或许这眼是我想要回那件背夹。

晚上天更冷了，我光着上身在微弱的灯光下，强烈的北风中穿行，感觉自己能被突然来的一粒尘埃弄倒。

我艰难地回到寝室，第二天终于没有变得冷漠，而是很自然地感冒再接着发烧了。

我一直不明白女人心里整天在想些什么，在那严酷的环境里当然是把身体放在第一位。难怪都说恋爱中的女人是疯狂的，而即将恋爱的女生是更加疯狂且没有理智的。

以前是把热水袋裹在身上或者去淋雨祈求感冒请假但都不能如愿，这次是真的实现了。我忍着头疼收到路琳连续发来的十几条短信：你病了，昨天对不起，我不能来寝室看你，怎么办呀呀呀呀呀呀呀……

我没有回，安静地等待下午放学，比红军长征还艰苦痛苦地拖着病体骑上自行车等她，因为这是自然规律。如果没有规律，如果某天失去了太阳，我们会怎么办？

模糊的视线里终于出现她的影子，我微笑地看着她飞奔而来。

路琳一把拉着自行车说："你病了这么还在这里，走，快跟我去医院。"

我看着她往后拉立即惊了，问："去哪个医院啊？"

路琳说："六医院啊，不是这里最近的医院么？"

我说："那是神经病医院。你上车，我先送你回去。等下我再自己去看病。感冒而已，不碍事的。"

路琳说："不行，让我先看看你多少度了。乖，把头伸过来。"我伸长脖子把头挺过去，说："你不是想非礼我吧。"路琳边伸手边说："就是。"然后用手背贴住我的头，跳起来："好烫啊，都四十多度了。"我也吓得差点跳起来，但因为生病了，没能成功完成这个动作，只是心跳加速。滚烫的脑袋里还能感觉到她手的柔软。

我说："四十多度？开什么国际玩笑啊。四十多度我都成乳猪了，你怎么一点概念都没有。我看顶多三十九度。"

路琳说："都高烧了，你赶紧跟我去医院。"

我坚持不肯，因为在我眼里，打点滴是一件非常可怕的事情。

当医生拿着粗壮的针头从皮到肉再刺进你的血管，往里面输送水珠。或许一不小心，护士姐姐没对准，再拔出针头说插错位置了，那么多令人疯狂啊。

最终她没能争过我，老老实实地坐在后面。今天我穿了冬天的装备，外面一件单薄的秋衣里卖弄地裹了三件毛衣，还带了一个像日本太君的棉绒帽子。尽管这样，我还是有些晕，骑得左右摇晃。

我想，怎么以前没发现她的美丽，如果早些发现关系肯定是突飞猛进了。当然，我挽救得也不晚，在她对我准备放手的时候我再紧紧地抓住她的手。对于我这个连那对和卢皑同学拥有同样重量的姐妹花都不喜欢的人能有一个像路琳这么原始这么漂亮的女生喜欢是一件多么不容易的事情。从卢皑同学无数恋爱关系中，我发现暂时还不能表达自己那么喜欢她的想法，一旦说了肯定后面是一段不长久的爱情。中国人嘛，对没有的东西才会珍惜。还有个原因是，我没有发现她真那么死心塌地一心一意地爱我。

接下来的时间，就是长久的沉睡。

我断断续续地做了很多梦，并在梦里断断续续做了很多梦。我梦到我在睡觉，再迅速进入梦中的梦中，来到另一个世界。

这里十分荒凉，却堆满了垃圾，有玩具、铁器、木偶、墓碑等等，门口还挂着一个牌匾，写着四个能跟我的字比丑的天体字——弃之世界。

我纳闷地望着四周，连那一丝薄弱的阳光也开始渐渐消失，所有的垃圾因为我的到来而开始逐渐骚动，放佛要吞噬这里。我顿时惊呆了，不知所措地往前疯狂奔跑。突然一只小花鼓率先冲破重围砸过来。

小花鼓的英勇深深震撼了我，它趴在我头上说——不对，花鼓怎么可能说话，这肯定是做梦，我心里琢磨着，狠狠地掐了自己大腿一下。当时我就产生了三种感觉：疼和不疼，第三种是——这是一个令人头疼的事情。

小花鼓说："喂喂，你还记得我吗？"

我一脸茫然地望着它："记得，这是哪啊？后面那些是什么？"并一直不停地奔跑。

小花鼓说："看来你小子是把我忘了。小时候你还在我头上撒了泡尿呢，但是后来我的双手被你弄断，你就不要我了。"

我惊讶地嘀咕，有这回事？不过，对于儿时的记忆，真的是已经所存无几了。眼看后面的那群怪物越追越紧，我更努力地逃跑，却发现自己一直徘徊在"弃之世界"这道门旁边。

我喘口气问："喂，这是什么鬼地方啊？"

小花鼓说："这是弃之世界。"

我说："废话。"

小花鼓说："真没想到你居然这么笨。"我狠狠地敲了它一下，发出"咚"的响声，"弃之世界——就是被你抛弃的世界，里面的所有东西都是被你遗弃的东西。比如我，比如后面跟着跑的大熊猫、布娃娃等等。"

我问："那他们为什么一直在追我？"

小花鼓说："因为你一直在跑，所以他们也跑。"我瞬间停下脚步，周围的一切也停止了，仿佛弃之世界连时间都没有。

这不科学，太灵异了。为什么我会来到这里？我开始喊那些朋友的名字："路琳，飞哥，姜思——"

没有人回应。

小花鼓打断道："你别喊了，外面的世界和弃之世界完全不同，你进来就别想出去了。"

我问："为什么为什么？我不属于这里，我没有丢弃自己。"忽然周围的它们齐声喊道："可是你抛弃了我们。"

是啊，我抛弃了它们。但，它们是不是本该被我抛弃，或是天注定如此呢？我逐渐害怕，感到自己的脑袋越来越疼，大汗从额头上一滴一滴地往下流。

我受不了了，用花鼓狠狠地打了自己的脑袋一下，睁开眼看见粉白的墙壁和色迷迷盯着我的飞哥。

我吓一跳，用被子捂住身体说："老飞，你想干嘛？"

王飞挣脱开被我紧抓住的右手："我才想问你干嘛呢，那么死地抓住人家的手不放。哼。"

说完，站在一旁的姜思和卢皑暗自扶了自己胸口一下。

我才发现，原来梦中的小花鼓是飞哥的手。那么，这个梦到底是什么意思呢？弃之世界到底又是什么？忽然又想起自己发了高烧，是路琳把我送到医院。那么，她人在哪呢？

王飞伸过来的手打断了我的思想，他捂住我的头说："奇怪，怎么被我的手摸摸发烧就好了，没事了咱们走吧。"

我看着几个兄弟扶我出院，顿时有些明白那个梦的含义了。

风越来越大，王飞走到医院后面叫停说："车，车——"

9 美好世界

从医院出来后，我的病痊愈了，但不知道为什么总是对那个梦念念不忘。刚到中午，路琳就着急着过来看我，还带了一堆莫名其妙的药，有感康、阿莫西林、双黄连口服液等……

我好奇地问："你哪偷来这么多药？"

路琳说："没有偷啊，家里的。以前感冒的时候都是自己用药的，很快就会好。但是没想到你比我好的还快……"

我假装可怜地说："对不起啊，这不能怪我，只能怪我的身体太好了。"

说着她弹了一下我的手臂，哈哈笑道："就你那小身板，弱不禁风的。"

果然，病一好本质就透露出来了。我瞪大眼睛盯着这个小恶魔。

如果不是因为我还不够高，这绝对是动漫中最美的情景：时间发生在二零××年×月×日×时××分×秒，地点在中国，一个穿学生制服的美女充满爱意地望着对面的少年，斜阳的余晖撒在他们身上，再过一秒，男生的目光开始朦胧起来，眼睛变小，身体无法控制地微微移动，最后女生居然先发制人，一把抱住了男生。

还是因为我不够高，得踮起脚尖，激动地搂住了她的腰。

我的双手开始不停乱动，嘴里在不停地吞口水，直至到最后抱得喘不过气来。

她骂道："你有病啊，抱这么紧。"

我很惊异地望着她，差点回骂了一句，结果被躲在旁边的飞哥笑着止住了。那三人在疯狂大笑："哈哈哈哈……"

原来从我出去的时候他们就跟在后面了，还偷偷看着我们在光天化日下拥抱……

我脸顿时红了，转过身来发现路琳早已离开。卢皑停止笑，一脸严肃地说："才发现路琳并不喜欢你。"

我哈哈大笑，回答说："知道。"

其实我不知道，我没有真正去喜欢一个人，不懂什么是喜欢，但是为了面子也只能回答"知道"了，还继续调侃一句，"我只是泡她而已。"

说着姜思和王飞笑的更大声了，我骂道："你丫的不是还喜欢张小优这个骚货么？"

王飞模仿星爷的口气反驳："即使是骚货，也有她的价值滴。"

看来真是江山易改本性难移，我无话可说了，便带着大家一起去网吧打反恐精英。

在一个寝室，最难得就是一群人都玩同一个游戏，这样大家就有说不完的话题，当然谈女人也是永恒的。我想刚开始大家就是因为有共同的理想和方向才走到一起，从白天说到晚上，从晚上说到睡觉，后来到因为女人闹了点小分歧……

想着想着，突然后面传来一个很神秘的声音——

"施主留步，我看你天赋异禀、骨骼惊奇，双手孔武有力，双眸炯炯有神，想来是百年难得一见的奇才。"

我马上停住脚步，转过身去，只见一个穿着长袍的和尚站在路边翻着白眼望我们，手里还拿着一根棍棒，头上已经长出了数不清的发渣，想必一定是少林的得道高僧犯凡间戒条被逐出师门沦落至此。

我恭敬地鞠躬，问："不知大师有何指教？"

和尚走近一些，慢慢地张口嘴，慢慢地放出声音："这位小朋友，老衲不是说你，是说你旁边的那位施主。"

我扭过头望望站在旁边的飞哥，顿时泄了气，姜思和卢皑又笑得更欢了。

王飞激动地说："大师说我是百年难得一见的奇才吗？"

和尚说："是的。我看你天赋异禀、骨骼惊奇，双手孔武有力，双眸炯炯有神，连走路都极具个性，老衲纵横江湖多年，一定不会看错。"

王飞兴奋得左跳右跳，我倒怀疑起来，双手在他面前晃过之后问道："大师你确定能看到吗？"

和尚说："老衲早已失明多年，但这不是用眼看的。"

姜思插嘴道："是用心。"

和尚说："错，是用一颗怀着以拯救天下苍生为己任，有广阔济世胸怀的——"姜思接着说："心。那还不是心嘛。"

和尚说："我的心不同于其他人的心，我能看到这位施主的修为。"说着他走向飞哥，抚摸了一下他的头，"施主是否为男性？身高七尺？有双手双脚？"

王飞说："正是！大师真乃神人也。"

胖子再也忍不住了，哈哈哈大笑起来："大师等会儿您是不是要推荐给他一本秘籍叫《葵花宝典》，原价十三块，打折十块？"

和尚一本正经地说说："这位施主到是错了，老衲并没有什么葵花宝典，只有少林的易筋经、大内金刚指、童子功等武学大法，但这些都是非卖品。"

王飞生气地嚷道："你们别吵。"然后面向和尚，说："瞧大师这一身穿着，灰色长袍，假牛皮鞋和唏嘘的发型，就知道一定是不拘小节的得道高僧。"

我们叹服了，不再说话。毕竟人家高僧是夸他的。

和尚问："施主是不是最近在感情和事业上不顺？而且这辈子做事没一件成功的。"

王飞说："是是——不是，什么叫没一件成功？"

和尚说："老衲指的是有成就的大事，如果施主能听老衲一言，必将能改变世界。"

说到这里，我们都惊异了。改变世界是什么样的情况，爆发自己的小宇宙么？

王飞听得有点激动，摸摸自己的胸口说："像我这种胸无大志的人怎么可能改变世界！""错！"和尚在大庭广众之下一把撕开王飞的衣服，"谁说你胸无大痣，自己看，是不是有一颗很大的痣。这颗痣就是你的吉祥痣。"

和尚断断续续地说了两句，王飞到是吓一跳，胸口还真有一颗大痣。

　　和尚继续说："不知施主贵姓？"

　　王飞说："王飞。"

　　和尚说："难怪施主一定没什么造化，想必就是这个名字惹的祸。想改变世界，就必须要有一个惊天地、泣鬼神的大名。"

　　王飞问："叫'王菲'还不够惊天动地么？"

　　和尚说："自然。王飞——想飞，前面却困了一个王府，永远都飞不出去。老衲建议施主改名叫王跋，转作书生，用一支笔来改变这个世界。""笔？"王飞不解，问道，"笔能干嘛？书法？作画？"

　　和尚郑重地说："创作。天将降大任于斯人也，必先苦其心志，劳其筋骨，饿其体肤，空乏其身，行拂乱其所为，所以动心忍性，增益其所不能。施主定能提惊天之笔，写创世之作。"

　　这话说的王飞心情澎湃，热血沸腾。拿笔来改变世界？可他连什么是创作都不知道……

　　王飞问："何为创作？"

　　和尚说："施主真乃大智若愚，深藏不露。创作，即为写文章。"

　　王飞说："哦哦，就是写文章啊，早说就明白了嘛。那写什么文章呢？"

　　和尚说："小说、诗歌、散文、剧本，这是文学的四大体裁，施主眼前的一景一物，在笔下皆成文章。"

　　王飞连忙点头。末了，和尚深情地再摸了一次王飞的头："施主切记提笔创作，不可间断，必要时以七尺之驱顶万丈蓝天，要用真善美的文字去影响世人，改变这个世界，让这个世界变得更加美好。"

眼看和尚转身欲走，王飞着急地问："大师为什么认定我能改变这个世界？"

和尚甩甩手，答道："阿弥陀佛，天机不可泄露。"

我们低头，生怕听到了天机。

最后和尚还故意说了一句语重心长的话："王施主，这个拯救世间的重任就交给你了。"之后消失在人群中，话音却在我们耳边荡漾。

王飞听了心里久久不能平静，改变世界，拯救众生，这个使命很重要啊。他再次深深凝望了一下自己胸口的痣，说："真乃世外高人。"

我在想，和尚说完这番必定是腾云驾雾而去。扭头一看，却是姜思和卢皑两个混蛋早已离去，冲到网吧 A 点集合了。

我问："飞哥，你相信他的话吗？"都成了宇宙无敌奥特曼了，必须叫哥。

王飞说了一个字："信。"

我再问："那还去不去网吧？"

王飞淡定地说："不去，刚刚大师在摸我胸口上的痣的时候把钱拿走了。看来是天意让我不去上网，让我好好学习。再见。"

我看着他，差点崩溃，想到：这小子的智商到底是有多低……

打完反恐回来，发现寝室从来没有一天比现在还安静。

王飞的腰挺得比板子还直，一动不动地拿着笔坐在桌子前面。那放了一堆莫名其妙的书，有语文、数字、英语和一本《大师教你学写作》。

  我怀着极大地好奇心拿起那本《大师教你学写作》，问："这是啥书？"

  王飞反应过来："没文化真可怕，这本书叫《大师教你学写作》。"

  我一脸黑线，仿佛这小子受光头和尚点拨之后真的成为了靠文字拯救世界的奥特曼似的，但重点是他连文学、创作都不知道是什么。

  姜思走过来，拿了我手中的书，一本正经地说："这是我的书。"

  这样我就能理解了，一个决心要搞哲学的人有一本与之相关的文学的书也不太奇怪，但这本书太奇怪，作者都是学生，编者都是老师……大师从何而来？

  卢皑看出了我心中的疑问，说："很明显是一本盗版书嘛。但为了成就老飞的伟大梦想，这是姜思同学找了很久很久才找出来的唯一一部文学相关的著作，而且姜思同学是很有天赋的，他已经成为了老飞的师傅。一个经大师点拨打通任督二脉的传奇少年，和一个精通哲学、擅长文学的老师遇到一起，这难道仅仅是缘分吗？说明和尚的确是世外高人啊。"

  姜思狠狠地点了点头，王飞却没有任何反应。

  卢皑又说："看咱老飞这认真的劲头，做起事来完全达到忘我的境界，和尚说的一定没错。"

  瞧他们的这种表现，肯定是王飞跟他们说和尚是神，最后也是神一般地飘走了，还把胸口的大痣拿出来证明，最后装出刚刚专心致志的样子。

既然事情已成定局，我也只能跟着大部队的步伐，帮忙王飞完成"写作改变世界"的伟大梦想。而且，爱学习又何尝不是一件好事呢？

斟酌之后，我走过去把书还给王飞，发现纸上写满了张小优的名字，便叹了叹气离开，早早入睡，不敢打扰文艺青年的成神之路。

"新的一天，太阳当空照，花儿对我笑，小鸟说早早早，我为什么又要去学校。"我唱完这首歌，飞哥就大叫一声："旺旺！加油！"我吓一跳，这小子果然要奋发图强了，还讲起他昨天的梦，真的变成了奥特曼拯救世界，而我们是 ×× 战队。

关于飞哥的梦想，似乎他总能把我们三带上，这使我很欣慰，至少我做梦貌似大多都是梦到女人。虽然他之前梦想一次次地被打击，最后失败，但这次一番话后又激起了卢皑和姜思的信心。方法这个世界总有写人注定是主角，而我们这些配角要么是一人得道鸡犬升天，要么是同年同月同日死。

果然，今天路琳和张小优都没有来上课。果然，南伟阳也没有来上课。果然，同学们纷纷有意见。

旷课达到四十节不是应该早被开除了么？

老师是这样解释的："南伟阳同学重病在身，已经请过假了。"

王飞到不在意这些，南伟阳没来正好，他一个人在角落专心研究"文学"。

他的处女作是：《夜》

> 我亲爱的太阳，
>
> 苦苦追寻的一辈子，
>
> 却一直没有追到心爱的姑娘；

> 我亲爱的月亮，
>
> 苦苦追寻一辈子，
>
> 却一直没有追到心爱的俊郎；

> 从此黑白相隔，天地相向，
>
> 早上太阳勃起，
>
> 射了一地的阳光。

难怪昨晚半夜起来去卫生间的时候看到飞哥一个人在床上打坐，原来是在创作。后来得到了姜思的点评：这首诗描写的是春天夜空图，表达了诗人思春之苦。白天的太阳和黑夜的月亮相恋，却一直没有结果。有着奇特新颖的想象，华美的辞藻；用叙述的语气，写简单的爱情，然而它却意味深长，耐人寻味，如此广泛地吸引着读者。

再后来，它在校刊发表了，而且是头版。校刊叫《校园文学》。

再后来，文章发表了就立马震惊全校，连老师都叹为观止，自叹不如，特别是最后一句"射了一地的阳光"，精彩非凡。

王飞的第一步可谓是迈得十分成功，第二天晚上就请我们去学校食堂聚餐，这次连学校阿姨都知道王飞大名了，额外送了一小碟酸菜给他。

王飞说："谢谢恩师的点评和指导。"

姜思说："不谢。"

卢皑知道他们这样写下去肯定不是办法，马上插嘴说："老飞，现在你可是闻名全校的诗人啦，但在学校出名还不够，我们要有远大梦想，放大目标。"说着张开手掌往前一挥，王飞跟着他的姿势望去，顿悟到："对，要让空气都知道我王飞的大名！"

虽然曲解了，但是意义差不多，卢皑只好无奈地点点头："我们要把目标放远到世界，这样才能完成和尚的遗愿去改变世界？"

姜思问："什么是遗愿？和尚不是成仙了么，又不是挂了。"

王飞点点头，我像一个外星人坐在旁边看着三个地球终极战士讨论如何改变世界的对话。

卢皑继续说："不管和尚怎么样，但是他交给老飞的任务一定要完成。我们现在身无分文，手无寸铁，光靠满腔热血是不可能的。可我最近发现了一个秘密哦……据我了解，现在网上老多人喜欢喜欢搞文学社，又免费又装逼，还能壮大队伍，从百到千，从千到万，从万到亿……"说完，三个人开始奸笑："哈哈哈哈哈——"

我打断道："计划不错，该怎么去实施？"

笑声马上就停止了，姜思说："这个，介个——先吃饭，吃完再思考。"

"好——"然后众人开始扒饭……

时间越过越快，而在这越来越无聊的日子里，我发现自己和姜思正逐渐接近——有一大半时间在思考。至于思考什么，无从得知。

还真是应了星爷的那句话，人没有理想，和咸鱼有什么区别。我开始理解姜思，他并不是沉思者，而是在生活和学校的打击下沉默而已。他以前的故事没人知道，以后也不会有人知道，因为在这个地方，所有人都将变得跟他一样，普普通通，埋没在人群中。

王飞不同，他为了张小优正在一步一步地努力。他相信，总有一天，自己会变成高富帅。从他身上，我开始试图分析路琳和张小优。

我们四人是在同一天相遇的，张小优是那种明明生活在农村却要装成都市人的虚伪女人，为了达到某种物质上的享受，甚至不惜出卖精神！出卖肉体！当然，这有些是猜测，尽管是猜测，却猜不出路琳是一个怎样的人。

她太阴晴圆缺了，让人猜不透也摸不着。但是在记忆里，只有她美好的一面……

"喂！"突然，姜思把我吵醒，说去开讨论会。

还是关于王飞如何改变世界的事情，在出谋划策上，卢皑永远是我们的军师。他说："据我了解，如何成立文学社的事情有进展了！这次开会主要议题有——第一：确定文学社的名字；第二，确定文学社的管理人员；第三，确定文学社的内容。"

第一个问题很快就决定了，大家普遍认为叫"改变世界文学社"比较好，符合主题，一针见血，听起来气魄非常。

第二问题讨论了半个小时，最终决定王飞为社长，姜思为名誉社长，卢皑为执行社长；总之他们都是社长，我是成员。

第三个问题有待进一步讨论，只能摸着石头过河，各司其职。

在执行社长卢皑的引导下，我们很快建议了一个"改变世界文学社"QQ群，可以容纳一百人！那么下面的问题是如何推广这个QQ群了。

这时候王飞突然开窍，他认为首先要融入其他人的社中，才能开辟属于自己的社。于是他写了一份个人介绍——

王飞，著名"90后"作家、先锋诗人；

湖北武汉人士，文化浅薄但热爱文学，

在多家文学网站与各界文友积极交流，

现在从事网络文学创作，某某作家网一级写作家，

改变世界文学社社长，其代表作《夜》，

爱雪工作室成员，现今诗人网、诗文网初级写作家，

文章都以批判黑暗势力以及个人对生活的独立感受为内容，

写文主张自我批判，反对树立任何教条主义，

文章大部分以网络形式出版，

作品：小诗《夜》《悬竹》《醉月思诗集四首》

《老马》《帷幕》《老夫妻》.

译文《治国兴汉室》

视频《别让爹娘操碎了心》《现代少女疯狂性感一面》

诗歌《差不多》《小蚂蚁迷路了》《丑小鸭的等待》

《小鸟、想飞翔》《樱雪依恋》《秋寄思夫》

《谁会在意一棵小草》《蓦然回首》《泪痕妆妆台秋思》《雨声》《海"兰"颂》

这份介绍吓坏了许多人，虽然有些内容莫名其妙，作品是除了那个《夜》，其他的都闻所未闻，但在其极大的宣传和网友们都是如此莫名其妙的情况下，王飞一夜成名。个人简介里迅速增加了花开文学社、国学文学社、大家文学社……等三十多个文学社的顾问头衔。除此之外，在卢皑军师的积极策划下，一个包含万人、百余网站、十余团体的文学社即将诞生。

晚上，王飞再次请我们搓了一顿，为庆祝明天"改变世界文学社"的正式下蛋，四个人还喝了两口小酒，结果都不胜酒力地回到宿舍倒在床上。第二天醒来却错过了零点准时发布的大好时机。

于是，我们晚上又搓了一顿，这次没喝酒，王飞和卢皑足足等到零点，然后在自己博客贴出"改变世界文学社"正式启动，广发招纳社员的文章。

这篇稿子到了早上有了三个点击，前面两个是他们，第三个是我。

总之前面是吹嘘了一大半——

改变世界文学社以"提供良好的交流环境，进行丰富优秀的文学创作"为宗旨，以"发现和培养文学新人，联合'90后'作家写手"为基本职责，官方博客并为其提供一个学习、交流和创作的平台。

改变世界文学社是由"90后"作家、文学理论工作者和爱好文化事业者自愿结合的网络性民间团体，在以遵守中华人民共和国各项法律的原则下不受任何私人、团体或者政府部门的约束。

改变世界文学社经过半个月的发展已经逐渐成为"90 后"文学群体中最大的民间团体，与全国三十多家单位建立合作关系，有二十位知名作家担任顾问，注册会员过千人，申报会员近千人，社团成员近两千人。

本社性质以文学创作为主，辅美术、音乐交流的网络团体，在年龄方面有所限制。

本社创办目的为联合所有爱好文化事业的"90 后"，以和平友好的文化交流为目的，团结新生力量，大力发展文学，为祖国培养下一代优秀人才。

改变世界文学社成立于 11 月 30 日，由王飞、卢皑、姜思等人发起，当即得到大部分名家的支持；11 月 1 日正式与《校园文学》杂志建立合作关系，有望成为其第四期牵手栏目；2011 年 10 月 2 日，著名作家、诗人、评论家敬川入驻改变世界文学社并担任贵宾；12 月 3 日"'90 后'最具才气作家文学领军人物"苏小递入驻，并担任贵宾；12 月 4 日到 10 日与多家报刊建立合作关系；12 月 10 日花开文学社全体加入；12 月 11 日国文文学社加入。

时至 12 月 14 号，改变世界文学社已经与全国三十多家单位建立合作关系，二十位知名作家担任贵宾，逐渐发展壮大；当日召开第一届管理人员会议，决议严格招收会员，重视社团加入，重审章程文案，确立管理机构和未来发展方向；

12 月 15 日由改变世界文学社主办第一届"90 后杯"长期征稿活动。

猎梦少年

改变世界文学社每一天都在进步，力求为新生提供一个更大的平台。

而后面就是简单的招收会员内容了，我想不明白就这样的组织为什么还要人加入，不过确实，目前社内 QQ 群里还是只有我们四个人。

卢皑早上起来一看，震惊了，发现文章居然有第三个人点击，马上叫醒王飞："快看，我们的招人启事有人看了。虽然只有一个人，但是这是我们迈出的很重要的一步，一大步！有了第一个会员就会有无数个、千千万万个会员！"

"好！"姜思鼓起掌来，王飞貌似刚睡醒，我在一旁尴尬地说："其实，那第三个人就是我，早上起来刚好看到就点进去了。"

说完，卢皑再次倒下。

照他们的计划，下一步就是策划文学大赛。不过这次姜思提了个主意，说联合所有的文学社帮忙宣传，创建一个官方网站，再同步推出文学大赛和电子刊。

这个方案很快得到了大家的支持，包括我。

王飞问："你是怎么知道的？"

姜思很猥琐的一笑："不懂问度娘。"

其实，姜思最大的贡献是这句不懂问度娘的话，后来的后来，靠百度的帮助，我们一步一步成长……

很快，我们组建了一个团队，策划电子刊，开始对外征稿。刊名当然是叫《改变世界》，主编是王飞，名誉主编是卢皑，我和姜

202

思是副主编。虽然王飞都很少看杂志，但是姜思却对杂志颇有研究：分几个栏目，凑几篇稿子就是杂志了！

于是姜思就被提拔为执行主编、总策划，负责联络各大文学社向杂志提供稿子。他把杂志分为小说、诗歌、散文、剧本、图片、互动六个栏目，可谓是很齐全，文学的各大题材都有，还加了图片和互动，并打出本土第一刊的旗号，吸引了很多人。

不到一个月，我们就收到了很多稿子，并去百度了一章图片加上"改变世界杂志王菲主编"几个字，成功上传至一个小说杂志网。

杂志的成功制作使我们都很开心，为了使它看起来更像样，王飞一直坐在电脑前按 F5，刷新点击，结果，一刷总是翻五六倍，于是大晚上把我们叫起来去网吧通宵，每个人打赏一瓶矿泉水，坐在电脑前面按 F5。

网吧的人以为我们有神经病，王飞大胆地说："凭你的智商，我很难跟你解释！"

其实我也不了解……但我更相信点击这么高的原因是因为姜思这个粗心鬼把"王飞"打成了"王菲"，结果误导群众，骗取大量点击。

事情到这一步证明我们就成功了，整一天我们四个人都埋没在网络里百度着自己的杂志。这是一种荣耀啊，不管是杂志主编还是文学社社长，都是一种荣耀的象征。

按着按着，我就睡着了，突然眼前大放光芒，我嚷道："飞哥，快来看上帝。"然后一个影子浮现在眼前。

我问道："你是谁?"

影子说："我是上帝。"

上帝是影子？我一惊，说："上帝早上好。"

上帝说："你知道你在人间胡作非为了吗？"

我问："怎么胡作非为了？"

上帝骂道："杂志、社团是你这么弄的吗？！"

我生气了："不是这么弄还是怎么弄，老子的事情不要你管……"结果被一脚踹醒，发呆地盯着三位主编，发现自己已经躺在宿舍的床中。

姜思问："你刚刚一个人在唧唧歪歪地说些什么？"

我说没什么没什么，然后听着他们下一步的打算——准备搞网站。

经过一场梦，我感觉这样的速度太快了，而且有了不祥的预感，像暴打金左菊花之前的感觉一样。

文艺青年王飞这个名号已经全校皆知，他又在一夜之间成为学校名人，学习的榜样，劳动工人的模范，连扫地阿姨路过的时候都要看他两眼。瞬间，周三的校园之星栏目贴出了飞哥经过 PS 后的照片，推荐理由是：貌虽不扬，家虽不富，但通过一步一步努力成为现在的文学社社长、杂志主编、励志之星。

前面三个分明是屌丝的表现，但确实，飞哥经过努力已经成功了，还从南伟阳手中得到了张小优的暧昧，也算是实现梦想的第一步。

这让他兴奋不已，急迫想加快脚步，实现改变世界的梦想。

可是在建网站的第一步就被难道了。到底要怎么去建一个网站？内容又是什么？说到底就是我们谁也不知道怎么做网站，这个没办法，连姜思也不懂。

就在我们思前想后，想后思前之际，我们的工作群突然有一个人申请加入，马甲叫"小伟"，地址我是我们这的，验证消息是应聘。

我们仿佛在大漠里看到绿洲，在黑暗里看到阳光，悲伤的兴奋顿时燃起使我们不由得高歌一曲——

在你辉煌的时刻

让我为你唱首歌

我的好兄弟

心里有苦你对我说

前方大路一起走

哪怕是河也一起过

苦点累点又能算什么

在你需要我的时候

我来陪你一起度过

我的好兄弟

心里有苦你对我说

人生难得起起落落

还是要坚强的生活

哭过笑过至少你还有我

朋友的情谊呀比天还高比地还辽阔

那些岁月我们一定会记得

朋友的情谊呀我们今生最大的难得

像一杯酒像一首老歌

在你辉煌的时刻

让我为你唱首歌

我的好兄弟

心里有苦你对我说

前方大路一起走

哪怕是河也一起过

苦点累点又能算什么

在你需要我的时候

我来陪你一起度过

我的好兄弟

心里有苦你对我说

人生难得起起落落

还是要坚强的生活

哭过笑过至少你还有我

朋友的情谊呀比天还高比地还辽阔

那些岁月我们一定会记得

朋友的情谊呀我们今生最大的难得

像一杯酒像一首老歌

　　唱完王飞马上同意他进群了，问了一大堆问题："你是谁？哪里人？是男是女？多大年龄？家里有几口人？地里有几头牛？会干什么？能干什么？干过什么？"

　　对方回答道："我叫小伟，本地人，会做网站——"

　　顿时，我们惊了，真是上天所赐啊！又联想到了和尚，真不愧是神人也！卢铠和姜思马上和小伟搭起来，并且约好晚饭之后在广场相约，共商大举。

月黑风高，长夜漫漫，我以为只有我睡不着觉，没想到姜思和卢铠也睡不着，两人打扮的很帅，整装待发。

临走前，王飞还鼓舞到："加油！加油！一定要谈成。"

两人点点头，没有任何言语，喝了两口矿泉水当壮行酒就走了，有风萧萧兮易水寒，壮士一去兮不复还的感觉。

我和王飞怀着期待的心情整个小时都坐卧不安，因为他们两个借去了我们最帅的衣服，还有鞋子。这个事情很严重，我的心在扑通扑通地跳，甚至前两次做的梦居然像刚刚发生的一样一次又一次的浮现在我们脑海里……

上帝说，我们是错的，是真的吗？

一个小时后，听见楼下的脚步声，我和王飞马上出去迎接，果然是他们！

卢铠和姜思相互搀扶着，一瘸一拐地走上楼梯，脸上已经浮肿，红通通的像一个被烧焦不成形的香肠，鼻子也青了，头发乱得像疯子，双手沾满了血迹。

看到红色，王飞马上瞪大双眼，气愤地问："怎么回事？"

卢铠说了一大串听不懂的话，估计是嘴巴也被打了，姜思最后说了一句人话："是南伟阳！"

"又是这个阳痿男，该死的，气煞我也！"王飞眼睛瞪得比鸡蛋小一点，拉着我说，"走，我们去干掉他。"

我心里正在思索，但是看到兄弟这个样子，刚刚还唱了一首这样的歌，如果不去是此仇不报非君子，何况他打坏了我们的衣服。

我们两个从宿舍抽出两根铁棒冲到学校外面，果然看到那群小子在广场喝酒庆祝，这导致了飞哥更加气愤，冲过去就是一棒子，打得南伟阳倒地不起。然后旁边的人都被吓住了，连忙半醉半醒地逃跑。

坏人就是这样，想打倒他，只有你比他更坏。

南伟阳模糊地看见了飞哥，正要睁开眼，突然也是一棒子过来，打得趴下。飞哥又让我用酒把他浇醒，提起他的领子说："老子上辈子跟你有什么仇，要此般害我。"

南伟阳迷糊地说："还记得一年半之前被你们打成重伤的那个人么？"

我气疯了，挥过去就是一棒子，骂道："果然是你这小子，当时还不承认。"一会儿，看到地上没有任何动静，飞哥把手指往他鼻子边一放，整个身体停了三秒钟，缓过来说："死了。"

这次该我倒地了，果然冲动是魔鬼啊，一次又一次地被惩罚。

我和飞哥不放心地再伸手去摸他的心脏、脉搏，可都停住了跳动。我们倒在地上，默默地想了半个小时。

夜深，飞哥问我："杀人会被判什么罪？"

我说："应该是死刑吧？"

飞哥说："在中国应该不可能吧，应该是有期徒刑十年。"

十年？突然，角落里我看到路琳和张小优正往这边走。

难道南伟阳也给她们打电话庆祝了？

果然如此，她们一看到地面的尸体就跑，还报了案。依旧像第一次一样，警察叔叔迅速到达现场，把我们抓到警察局。

我终于明白了弃之世界的含义，有些东西该珍惜的真应该拿命去珍惜，而有些不是你的，无论怎么努力也得不到。譬如友情和爱情。

人生真是一场戏，一失足成千古恨，本以为出来后可以好好生活，没想到命运就是如此，该是什么的终将是什么。我笑着问飞哥："这一棒子算是谁打的？"

飞哥说："我吧。"

我哈哈大笑："那你改变世界的梦想怎么办？"

飞哥说："其实我早就知道和尚是骗子，但那只不过是我坚持的一个——一个理由而已。或许，我们一直是错的。"

我又想起了上帝，想起了小时候的梦想，脑中放佛看到一群少年在阳光底下追着风筝而过，而他们就是在这个社会下的猎梦少年。

我闭上眼，等待即将来临的第二次重生。

尾声　终极审判

"如果上天再给你一次机会选择命运，你会怎么做？"

"用功念书，勤奋学习，考取一个好的高中，再考上一本大学，在党和政府的关心栽培下努力成长，为民族争光，为国家做贡献！"

我看着王飞认真的样子哈哈大笑，咽下唾沫说："又不是在法庭，干嘛说得那么——那么笨。"

他笑道："这是心里话啊，以我的聪明才智再加上勤奋学习这不算啥，搞不好还能研究个导弹出来，炸死那些坏人。"

我使劲地点头。

王飞问："你呢？"

我想了想回答："一定要娶个——"然而听到铁链碰撞的声音，停止了后面准备说的内容。

我也知道，然而这些本该是不能说的。在错误的时间错误的地点我们干了错误的事情，但这次不同第一次，这次的错误太过于错误，估计会被判个"无期徒刑"再"剥夺政治权利终生"，连翻身的机会都没有。

我想，世界六十多亿人不可能全部都是幸运的，既然霉运来到自己身上，也算天意了。当然，除了这个简单的自私愿望外，我还有很多无私的想法。我希望姜思能健康地接受现实，拥有完整的人生和更多地去行动。我希望姓卢的能早日追求到真正的爱情，和心上人越过道德的边境走过爱的禁区享受幸福的嗅觉。希望小优能拒绝金钱，拒绝诱惑，希望路琳能揭开自己伪装的一面坚强地去面对生活，希望南伟阳能被抓进去坐上一两年然后能像我飞哥一样觉悟……

尽管在这个浮躁的世界和凌乱的人生里，我想着一些不该去想的问题，用同样浮躁的看法来描述人世而忽视了她的美好。但我认为，美好是潜在的，不需要用一些奉承的文字假装赞扬。而丑陋就应该被指出来，只有指出来人们才会坦白，哦，这是丑陋。

在这个荒废的年代里，社会变得越来越不稳定，人们整日提心吊胆，担心喝奶粉是三鹿，饭菜放地沟油，药里含着毒胶囊，连小孩吃的果冻都能有烂皮鞋。所有人都明白，我们无法改变世界，但是我们希望用自己的一些行为言论来祈求让这个国度变得更好。

我们只单纯地希望世界能更加美好。

大概是审判的时间到了，警察缓缓地拉开了死亡之门……